柳広司

D機關 3

PARADISE LOST

パラダイス・ロスト

柳廣司

劉子倩—譯

YANAGI KOJI

目錄

出版緣起

駭High，在推理的迷宮中

編輯部

推理小說到底有什麼魅惑之力，能夠讓世界上無數的熱愛者爲之痴狂？是鬥智、解謎的樂趣？是抽絲剝繭，終於揭露眞相時豁然開朗的暢快？是驚嘆於陽光之外人性潛伏的深沉危機與社會百態的詭譎複雜？還是感佩於作家布局的巧思或高超的說故事功力？

好的小說只有一個評斷標準——好不好看（用文言一點的說法是「引人入勝」）。有的小說好看得讓人不忍釋卷，廢寢忘食，非一口氣讀完不可；有的則是讓人捨不得立刻讀完，寧可一個字一個字細細地咀嚼品味。

好的推理小說更是如此。

在台灣，歐美推理和日本推理各擅勝場，各有忠實的讀者群。推理小說是日本大眾文學的兩大顯學之一，也可說是日本大眾文學極致發展最具代表性的成熟類型閱讀，不但各大出版社都闢有「Mystery」系列，培養出眾多匠心獨運、各領風騷，甚或年年高踞納稅排行榜前茅的大師級作者，如松本清張、橫溝正史、赤川次郎、西村京太郎、宮部美幸、東野圭吾、小野不由美等，創作出各種雄奇偉壯、趣味橫生、令人戰慄驚嘆、拍案叫絕、甚或影響深遠的傑作；同時也一代又一代地開發出無數緊緊追隨、不離不棄的忠實讀者。而台灣，在日本知名動漫畫、電視劇及電影的推波助瀾下，也有愈來愈多人愛上日本推理小說的明快節奏與豐富的情報功能，閱讀日本小說的熱潮儼然成形。

二〇〇四年伊始，商周出版（獨步文化前身）推出「日本推理名家傑作選」系列以饗讀者，不但引介的作家、選入的作品均爲一時精粹，更堅持以超強的譯者及顧問群陣容，給您最精確流暢、最完整的中文譯本與名家導讀，眞正享受閱讀推理小說的無上樂趣。

如果，您是個不折不扣的推理迷，歡迎進入更豐富多元的日本推理迷宮；如果，您還是推理世界的新手讀者，正好奇地窺伺門內的廣袤世界，就讓「日本推理名家傑作選」引領您推開推理迷宮的大門，一探究竟。從一根毛髮、一個手上的繭、一張紙片，去掀開一個角，去探尋、挖掘、對照、破解，進到一個挑逗您神經與腎上腺素的玄奇瑰麗世界！

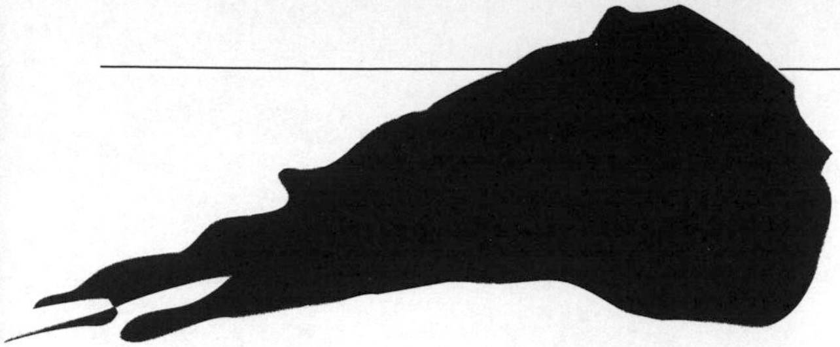

誤算

1

島野亮祐。

來自日本的留學生。

入境戳印是一九三九年六月十五日。

文字模糊，看得不甚清楚，但入境地點應該是馬賽。

凝視**自己的護照**，島野歪著頭暗暗思忖。

如此說來，他在法國等於已停留一年以上，但是……

什麼也想不起來。

姓名、身分、經歷，連貼在護照上的大頭照，都不像是自己的。

（不對……我……其實是……）

忽然，一陣刺痛襲向側腦，島野不禁伸手觸碰，摸到層層纏繞的繃帶。

「用不著勉強回想，八成是頭部遭受重擊導致暫時失憶。這種情況很常見，過一段時間自然會想起來。」

島野痛得臉皺成一團，望向聲源處。

舒服的微笑，溫柔的褐色眼眸。那是個身材高䠷、手腳修長的男人。

亞倫・雷涅。

他剛剛這麼自我介紹。

室內還有兩個人。

壯碩的體型配上國字臉，仔細一瞧，嘴巴線條其實很柔和的男子是尙・維克多。

另一人是瑪麗・特雷斯，屋裡唯一的女性。她脂粉不施，雀斑格外搶眼。小麥色的長髮隨意盤在頭頂，打扮得像個男人，但好好妝扮一下肯定稱得上美女。

三人都是二十五歲左右，與島野護照上的年齡差不多。

「喂喂喂。看你這副表情，該不會眞的一點都不記得？」

站在窗邊的尙，哭笑不得地開口。

「連你衝動頂撞德國士兵，我們千辛萬苦把你救出來也忘啦？」

頂撞德國士兵？

德國士兵？

他到底在說什麼？

島野蹙眉。

依舊茫然的腦袋試著集中精神。

濃霧深處似乎有東西微微蠢動。

你這麼一提……話衝到喉頭，島野慌忙嚥回去。

——別給對方情報。

腦中響起一道聲音。

——絕對不要主動開口，盡量讓對方說明。

（搞什麼？）

島野瞇起眼專注傾聽，聲音來自一個異常黑暗的地方，說話者的臉孔是一團黑影，看不分明。不，不是這樣。不對，那是——

「怎麼？是不是有點印象？」

尚緊盯著島野問道。

「不行，完全沒印象。」

島野抬起臉，搖搖頭。

「告訴我，到底怎麼回事？我做了什麼？頂撞德國兵？可是，這裡是法國吧？爲何會冒出德國士兵？現在究竟是怎樣的情況？」

他連珠炮似地問，三個法國人面面相覷。

「你眞好命。」

亞倫嘴角浮現一抹自嘲的笑。

「要是可以，我也很想忘記。忘記納粹德國占領祖國的現實。」

2

一九四〇年六月二十二日——

法國猝然向德軍投降。

前年九月，德軍入侵波蘭，法國與英國一同公開宣戰。其後，歷經長達八個月的「假戰」（雙方士兵隔著能看清臉孔的近距離對峙，卻幾乎沒交戰）。五月，面對突然展開進攻的德軍，法軍從一開始就無力招架。

法國稱之爲生命線，耗費十年歲月與巨資剛剛完成的「馬奇諾防線」，遭德國最新銳的裝甲部隊瞬間攻破。在前一次世界大戰中成爲戰勝國、自負「世界最強」的法國陸軍，所懷抱的幻想輕易被粉碎。

一個月後的六月十四日，德軍兵不血刃地迅速占領巴黎。

二十二日德法簽署停戰協定，法國國土分割爲占領區、合併區、自由區。

巴黎被劃入德軍的占領區。

在德國軍人昂首闊步的街頭，巴黎市民繼續過著日常生活。

不，公平地評斷，戰時社會混亂與物資不足的狀態，在德國占領後，毋寧可說得到改善。出乎巴黎人的意料，德軍在巴黎的表現，極爲彬彬有禮、一板一眼，甚至堪稱友好。

「無意義的戰爭」能夠提早結束，巴黎市民多半暗自鬆了口氣。

在這種情況下，巴黎郊外的布龍尼森林附近發生一場衝突。

起因，是一名老婦朝占領她家的德軍小隊揮舞拳頭，大聲怒吼：

「滾出我家，你們這些死德國佬！」

正式停戰後，不只公共建築，許多民宅也遭德國駐軍接收，充當宿舍。執行這項接收任務時，德軍嚴禁趁機對市民胡作非爲，至少在表面上維持著雙方的友好合作關係。

實際上，德軍與巴黎市民之間也沒發生過眞正的糾紛，直到這時……

——死德國佬！

——鄉巴佬！

——吃馬鈴薯的豬！

老婦站在中庭舉起拳頭，皺巴巴的面孔氣得通紅，不停怒罵。吼了半天後，她改撿地上的石頭丟過去，想打破遭強占的自家窗戶。石頭沒碰到窗戶，更是火上加油，她不禁提高嗓門。

不過，占據她家的德國士兵只是嘻嘻笑。腦筋有毛病的老太婆在院子吵鬧，算是小小的餘興節目。他們想必只有這種程度的認識。

但是，德國士兵的臉色漸漸變了。老婦怒罵的汙言穢語變成這樣的內容：

——該死的納粹！

——變態法西斯！

——希特勒最好下地獄！

德國士兵衝出屋外逮捕老婦，進行盤問。透過翻譯，老婦大罵德國士兵：死德國佬、鄉巴佬、吃馬鈴薯的豬、該死的納粹、變態法西斯、希特勒最好下地獄！

德國兵十分爲難。老婦想必只是把不知從哪裡聽到的字眼直接吼出來，根本不明白意思。但是，說出這種反納粹言論，而且公然貶低元首的人絕不能姑息。

老婦被拖到門外，綁在樹上。士兵威脅她，要是不肯收回反納粹的話語及對元首的侮蔑，並好好道歉，就必須槍斃她以殺雞儆猴——那顯然不純粹是嚇唬她而已。

老婦不僅沒道歉，還繼續大罵。

「死德國佬！鄉巴佬！吃馬鈴薯的豬！死納粹！變態法西斯！希特勒最好下地獄！」

雖然很多人跑來看熱鬧，但他們怕遭到波及，只是站在遠處圍觀。

任事情繼續鬧大也不是辦法。

小隊長如此判斷後聳聳肩，正要勉強下令開槍，人群中走出一名男子。這個看似東方人的瘦小男子，無視周遭目光逕自走近老婦，轉眼就解開繩索。

愣住的旁觀群眾中，旋即響起掌聲與口哨聲。另一方面，東方人立刻遭德國士兵包圍。東方人和德軍小隊長激烈交鋒幾句，魁梧的德國士兵便從兩側扣住東方人的手臂，眼看就要帶走他——

「換句話說，那個東方人就是你。」

亞倫的嘴角浮現淘氣的笑意，朝島野擠擠眼。

「當然，那種情況我們怎能坐視不理。你可是救了法國老太太一命的英雄，該輪到我們拿出勇氣。我們衝上去想從德國士兵手裡搶回你。推開德國士兵後，我們拽著你的手就要逃，不料……」

他輕輕聳肩，沉默片刻，很快接著道：

「爲了阻止我們的行動，德國士兵揮舞機關槍，槍尾擊中你的側腦……讓你受傷實在抱歉，但這一點，哎，你就當是倒楣的意外，原諒我們吧。」

據說是他們三人將昏迷的島野抬進這間屋子，幫忙包紮照顧。原來如此，託他們的福，他才沒被德國士兵帶走……

——多管閒事。

這個念頭倏然浮現腦海。爲何會這麼想，他也不明白。

「怎麼啦？」

尚湊近低著頭的島野問道。

「你好像不太高興。」

「沒那回事。」

島野聳聳肩。

「總之，謝謝你們救了我。」

他抬起頭，莞爾一笑。

「喂，你眞的是日本人嗎？」

瑪麗微微偏頭，盯著島野問道。大眼睛、長睫毛，果然是美人。她的翠綠瞳眸定定凝視島野。

「不曉得，我想不起來。但是，既然有這本護照，應該是日本人吧。」

島野露出苦笑，反問：

「不過，妳爲什麼這樣問？」

「唔……」

「瑪麗是覺得很不可思議。你明明是日本人，居然精通那麼多種歐洲語言。」

一旁的亞倫吃吃笑著插話。

「那麼多種歐洲語言？」

「你現在用的法語是巴黎腔，跟德國軍官是講德語。可是，你昏迷時夢囈，聽起來是俄語，八成也夾雜匈牙利語。據我所知，德軍占領後仍有一百數十名日本人留在巴黎，但我們認識的日本人多半對這邊的語言一竅不通。」

驀然回神，島野反射性地皺起臉。理由不明，總覺得自己不小心出了什麼紕漏。

「不只是這樣。」

瑪麗噘起嘴，從桌面拿起玳瑁粗框眼鏡掛到臉上。

「島野，你這副眼鏡完全沒**度數**。幹嘛戴這種東西？而且，你的嘴裡塞著少許棉花。之前照顧你時，因為太礙事，我就把眼鏡和棉花取下，沒想到你給人的印象立刻截然不同，嚇我一大跳。嗯……」

她瞅著島野，雙頰微紅。

「沒戴眼鏡、嘴裡沒塞棉花時，你看上去是個帥哥。」

「其實，我也感到有點不可思議。」

不知為何，尚慌忙開口。

「當初是我扛他過來的。爬完樓梯後，島野忽然嘟囔著一個數字，三十二。剛剛我去外面看情況，順便數了一下，恰恰是樓梯的階數……唔，昏迷中還能數樓梯有幾階，真是特別的習慣。」

島野用力嚥下口水。他有種不祥的預感，啞聲問：

「我還說過其他話嗎？之後我說了什麼？」

「之後？不知道。不，等等。九〇比八比二？你咕噥著這一串數字。那到底是哪來的？」

島野十分納悶。那些數字有何含意，他也一頭霧水。

「這麼一提，」換成亞倫忽然想起般出聲，「在這間屋子剛醒來時，你似乎仍意識不清，喃喃自語：『爲了親愛的朋友，爲了祖國，我絕不畏死。』原來床鋪背後的牆上刻著一行字，是古羅馬詩人賀拉斯的名言。可是，你應該看不到那行字。你頭也沒回就唸出背後的文字，我很困惑……現在才想通，你是看著這邊牆上掛的鏡子——換句話說，你是**唸出鏡中倒映的拉丁文**。你怎會有這種本領？」

亞倫一頓，微微偏頭，緊盯著島野質疑道：

「你究竟是什麼人？」

3

他感到身體反射性地一僵。

——你究竟是什麼人？

遭受質問的霎時，電流般的衝擊竄過背部。那是野生動物預知死期將至，本能湧現的恐懼。背後傳來天敵無聲無息接近的動靜，赫然察覺時已面臨毀滅——就是那種感覺。

那種情緒到底從何而來，島野完全無法理解。

三人探究的視線仍想咬穿他的皮膚、啃碎他的骨頭……

尖銳的痛楚，令他瞬間昏厥。

意識被拖進某個黑暗的場所。

黑暗深處，兩隻無光的眼睛定定凝視島野。

——你得挺過去。

耳朵深處，傳來命令式的低語。

「……島野，你怎麼了，不要緊吧？」

一抬頭，便撞上亞倫憂心的眼神。

他將雙眸對焦，輕輕聳肩，朝對方微微一笑。

「抱歉。我是什麼人？連我自己也不清楚。我想想，**我思故我在**。看樣子，唯一能確定的，就是我確實存在。」

他略帶戲謔地回答，三人的臉上都浮現一絲笑意。

「你該不會是攻讀哲學的留學生吧？那就是我的同類了。」

亞倫嘻嘻笑。

「我以前在大學聽過講授日本思想的課。『武士道就是看透死亡』，人生的終極目的是死亡，實在深奧。不過，那到底是怎麼回事，我壓根搞不懂。」

「人生的目的是死亡？眞不敢相信。所以，他面對德國士兵才敢那樣亂來啊。」

瑪麗搖搖頭，目瞪口呆地咕噥。

「不管你是什麼人，」亞倫說，「你的確存在，而且，是個有意思的人物。至於其他的你就慢慢回想，反正來日方長。」

「……不，亞倫。非常遺憾，恐怕由不得你悠哉下去。」

站在窗邊的尙，從窗簾縫隙眺望外面出聲。

「德國士兵出場了。」

他們走近面向馬路的窗子，自厚重窗簾的縫隙偷窺外面。

暮色中，數輛早已亮起車頭燈的德國軍車，引擎沒熄火，直接停在門前馬路。只見穿軍服的持槍士兵，三三兩兩跳下車台。

德國士兵分成幾個小隊，沿街敲響並排的民宅大門。

門一開，德國士兵便不容分說地衝進屋內。不一會兒，雙手交放腦後的人們，紛紛被拖到馬路上。

不論老弱婦孺，全部一視同仁。

德國士兵顯然是在這一區搜尋「某種東西」或「某人」。比方，**在占領區公然頂撞德國士兵的反叛分子**。

「可是，怎麼會……他們怎會找到這裡……怎會這麼快……？」

瑪麗臉色蒼白，喘不過氣似地呢喃。

「……搞不好我們被跟蹤了。」尚盯著窗外低語。

「所以，當初我就反對帶這傢伙過來。」

「我們已夠小心提防，不可能被人盯上。」亞倫帶著怒意反駁。

「哼。要不然，就是這一帶有人告密。」

尚不客氣地回一句，亞倫與瑪麗異口同聲喝止：

「尚！」

「你胡說什麼！」

下一瞬間，三人內心一驚，面面相覷，同時轉身。

「等等，島野！你要去哪裡？」

島野獨自離開窗邊，穿過房間走向通往外面的門。

「我自己出去。」

他停下腳步，回頭應道。

「他們是來逮捕我的吧？我不想連累老人和孩童。只要這樣能讓他們達成目的，我出去就是了。」

「你知道自己在講什麼嗎！」

瑪麗難以置信地瞪大雙眼。

「對方是納粹。一旦被捕，不知會落得哪種下場。拷問、槍斃，也可能是送進強制收容所。無論日本人多麼信奉死亡哲學……」

——死是最壞的選擇。

再一次，腦中傳來聲音。

——活下去。只要心臟還在跳動，務必活著回來。

「我沒打算要死。」

島野微一皺眉，揮除腦中的聲音應道。

「不過是一個搞不清狀況的日本留學生，不忍心看到老太太遇難，於是做出傻事。畢竟日本的教育就是要無條件尊敬長輩——我會用這藉口設法混過去。」

「可是……」

瑪麗欲言又止，覷亞倫一眼。

島野聳聳肩，手剛伸向門把，亞倫平靜地叫住他。

「不是的，島野。不是那樣。他們不是來抓你的。現在你出去，麻煩的是我們。」

「他們的目的不是要逮捕我？你們會有麻煩？」

島野轉身，蹙眉問道。

「到底是怎麼回事？」

亞倫像要晃動頎長的上半身般走近島野。

「慢著，亞倫！不可以！」

待在窗邊的尙高喊。

「島野是日本人。你想想日軍在中國的行徑，他們和納粹德國是同類。」

「島野和日軍沒關係。況且，當前法國又不是在和日本打仗。」

亞倫回答尙後，轉頭問瑪麗：

「瑪麗，妳認爲呢？島野救了我們的同胞法國老太太一命，應該能告訴他內情吧？」

「我贊成亞倫的意見。」

瑪麗一雙大眼注視著亞倫，點點頭。

「這下就是二票對一票。」

「啐！每次都這樣。隨便你們吧！」

尙不快地嘀咕，狠狠嘖一聲撇開頭。

亞倫重新面對島野，溫柔的褐色瞳眸浮現強烈的光芒。

他壓低嗓門，卻仍堅定地說：

「我們是resistance。」

4

Resistance。

法文中，這個字義是「抵抗」。換句話說——

島野瞇起眼，依序掃過屋內三人的神情，慎重開口：

「你們是抵抗德軍占領的祕密組織成員……是這個意思嗎？」

亞倫代表三人頷首承認。

「政府和德國簽署投降協議，不代表全體國民都向德國投降。維護『內在的絕對自由』，是現代公民社會的原則。就算是政府，也不能踐踏公民的內心。」

「但是，『行爲』會成爲取締對象？」

「沒錯。」

亞倫一臉灰心地應道。

「政府之間簽訂的停戰協定，禁止法國全民以任何方式反抗德國。包括示威遊行、罷工、破壞活動，所有抵抗運動都遭嚴格取締，一旦被認定爲謀反，不是處死就是送進德國的強制收容所。」

他略爲一頓，聳聳肩。

「當然，此時此地，我不能向你透露全部內情，不過至少請你理解，眼下我們處於非常危險的立場。」

一旦被捕會受到拷問，然後槍斃，再不然就是送進強制收容所。

剛才瑪麗這麼提過，原來是在說他們三人。放下雙層的厚重窗簾，大概是爲了防止屋內燈光透出去吧。此處等於是反叛分子的祕密巢穴，然而——

島野豎耳傾聽外面馬路的動靜，臉皺成一團。

德國士兵的盤查聲，顯然更接近了。

這裡遲早會響起敲門聲吧。即使假裝無人在家，對手可是一絲不苟的德國士兵，不可能關著門就輕鬆打發……

「喂，你們到底在磨蹭什麼？」

瑪麗不耐煩地開口。

「到了這種地步，趁他們上門前趕緊從後門逃吧。」

「也是。」

亞倫苦笑。

「事情就是這樣。島野，很抱歉我們必須先走。不能再拖累你，留在這裡可能對你比較好……」

「不行。」

島野不贊同。

「路上看得到的軍車數量與出動的士兵人數兜不攏。還有四人……不，應該還有五人，肯定負責監視後門。這是陷阱，門前馬路大張旗鼓的搜查是**故意**的。他們眞正的目標，是偷偷逃出後門的人。現在從後門遁逃，等於是自投羅網。」

——我怎麼會曉得這種事？
島野一邊解釋，一邊感到莫名其妙。
「陷阱……」
瑪麗瞪大雙眼，慘白著臉，歇斯底里叫道：
「那要怎麼辦！」
「挺過去。」
島野不當回事地聳聳肩。

「這裡有什麼？」
他再次環視屋內。
架上有一台收音機，及一套修理工具。牆邊靠著兩支用線綁在一起的釣竿。桌上散放幾個彩色花紋的法國製火柴盒。英文報紙，皺巴巴的包裝紙一疊。然後是——
「槍呢？」
他簡短詢問。
「反叛分子，你們剛才如此自稱。那麼槍在哪裡？還是有其他武器？」
島野一問，三人面面相覷。
「我們並非採取武裝抗爭，所以……」

「到底有沒有武器？」

「只有一把手槍。」

亞倫勉強回答。

「那是尚透過地下管道，好不容易弄來的。每個祕密巢穴都配置一把手槍，但是……」

「好像故障了，扳機卡住……」

「給我！」

聽到島野的指示，瑪麗彈起似地行動。

她從書架抽出一本書，是拉伯雷的《巨人傳》。翻開封面，赫然出現一把手槍，似乎是把書頁挖空藏在裡面。

從瑪麗手裡接過槍，島野立刻進行檢查。

這是法國製的小型手槍，通稱「le francais」。

一九一四年製，是之前歐洲戰爭時的貨。

六·三五口徑，扳機是雙動式。

他取出子彈，試扣扳機。

原來如此，手槍內部似乎有什麼卡住了。

他從架上取來收音機的修理工具，開始拆解手槍，一邊對瞪著眼旁觀的三人發話：

「還有能當武器的東西嗎？」

「不，其他沒有算得上武器的……」

「這裡只剩食材。」

瑪麗說得頗爲心虛。

「『打仗時一定要盡量囤積白色物品』，這是巴黎市民自古流傳的習俗。麵粉、鹽巴、砂糖，以及……」

「……風箱呢？」

「咦？」

「有**風箱**嗎？」

「廚房角落應該有一台老舊的腳踏式風箱……」

「拿過來！」

瑪麗當場跳起，直接衝進廚房。

島野拆槍的手，赫然一頓。他感到些許不對勁。謹慎起見，他再度確認。沒錯，但怎會有那種事……？

島野瞇起眼，迅速重新組好槍，抬頭道：

「尚，這把槍是你弄來的吧？那麼，就由你保管。這下應該能用了，用的時候要小心。」

島野把槍與子彈交給尚，接著連珠炮般下達指令：

「亞倫，你負責把門縫堵死。尚，你去取下檯燈的燈泡，拿銼刀分割玻璃。之後我再告訴你們怎麼做。」

「把門縫堵死？」

「分割燈泡的玻璃？」

二個法國人面面相覷，眨巴著眼咕噥。

「島野？你究竟想幹嘛……」

「晚點會詳細說明。」

島野努下巴，提醒他們注意逐漸接近的德國士兵。

「沒時間了，動作快！」

5

激烈的敲門聲傳來。

「開門！立刻開門！」

發現無人回應，德國士兵更是大聲叫囂。

「混蛋，假裝不在家也沒用！」

「我知道屋裡有人，快開門！」

「不然要破門而入了！」

下一秒，門板響起與剛才明顯不同的猛烈撞擊。

壯碩的德國士兵以肩膀撞門——或者，是用堅固的軍鞋踹門，就是那樣的感覺。

二次、三次……

門嘎吱作響。

四次。

第五次撞飛了門鎖。

數名德國士兵一齊衝進敞開的門。

「這是怎麼回事？」

隔著一道牆，島野屏息躲在儲藏室，聽見德國士兵語帶困惑，不少人拚命咳嗽。

「可惡，黑漆抹烏的什麼都看不見！誰快去開燈……」

疑似隊長的男人發話，下一瞬間——

劇烈的爆炸聲壓倒一切，牆壁震得搖搖晃晃。

就是現在！

島野猛然開門，把法國青年們推出藏身的狹窄儲藏室。

三人踉蹌跌出，便愣在原地。

他們前一刻待過的房間變了樣。

受到爆炸的衝擊，桌子翻倒，白煙冉冉竄升，隱約可見角落躺著幾個不停呻吟的德國士兵……

敞開的大門外雞飛狗跳。

「這到底是……？」

三人茫然相對，島野在後頭催促道：

「你們還愣著幹嘛，去後門，快點！」

他們拚命奔跑，直到背後再也聽不見喧鬧聲。

穿過小巷，越過大馬路，再次衝進後巷，通過兩側皆是高聳石牆的蜿蜒小徑。這是生在巴黎、長在巴黎的人才知道的捷徑。當然，地圖上也沒有標明。

來到安全的地方，跑在前頭的亞倫停下腳，轉身對著島野氣喘吁吁地問：

「島野……你到底……到底是什麼人？」

蹲在石板路上的尚與瑪麗一同抬頭，望向島野。兩人仍喘得厲害。

島野氣息絲毫不亂，額頭甚至沒冒汗。

「看樣子，我似乎很擅長跑步。」

島野聳聳肩回答。

「說不定我以前是田徑隊員，可惜沒半點印象。」

「笨蛋……那種事……更何況亞倫……我們又不是在問你這個！」

尚上氣不接下氣，惱怒地開口。

「後門那個年輕的德國士兵……你一眨眼就擺平……」

「那是……」

島野皺起臉。

他們往外衝時，差點撞上一名德國士兵。對方沒想到屋內會有人衝出來，驚愕得瞪大眼，島野立刻襲向他的腹部。年輕的德國士兵一聲不吭，當場倒下。之後，島野阻止亞倫搶奪昏倒士兵的槍，催促三人逃走——

「說不定我以前是柔道選手，可惜沒半點印象。」

「柔道？」

「那是日本自古相傳的武術。」

「別扯遠了，剛剛怎麼會爆炸？發生什麼事？」亞倫問。「屋裡沒有武器——至少，沒有足以製作炸彈的材料。你究竟是如何辦到的？該不會是施展魔法？」

「其實，那不是魔法。」

面對三人緊盯不放的目光，島野困惑地撓撓脖子。

「爆炸的是你們囤積的東西——**麵粉**啦。」

「騙人，麵粉才不會爆炸。」

瑪麗難以置信地反駁。

「麵粉要是會引起爆炸，誰還敢吃麵包。」

「放心，麵包不會爆炸。」

島野莞爾一笑。

「粉塵爆炸，聽過嗎？」

瑪麗蹙起姣好的雙眉，搖搖頭。

麵粉本身是不可燃物質，在平常的狀態下連點燃都很困難。

然而，一旦條件俱全，麵粉就會爆炸。

這就是所謂的「粉塵爆炸」。

一般人可能不大清楚，粉塵爆炸並不罕見，例如礦坑內瀰漫的煤灰粉塵引發的煤塵爆炸。即使在天不怕地不怕的礦工眼中，煤塵爆炸依舊很恐怖。另外，儲存麵粉與砂糖、玉米粉的穀倉，或處理金屬粉末的工廠，也經常發生粉塵爆炸，往往會破壞建築物或引起火災，造成許多人喪生。

粉塵爆炸的必要條件，包括「粉塵雲」、「氧氣」、「火源」三項。

尤其，懸浮空中的粉塵與氧氣的濃度比例，更是決定爆炸威力的關鍵——

屋內的空間大小，島野目測就能正確估量，接著要推算出最適當的粉塵濃度並不困難。

島野對三人下達的指示，便是讓爆炸威力最大化的準備工作。

把門縫堵死，形成密閉狀態。

利用割除玻璃的燈泡當火源。

然後，他們屏息躲在狹窄的儲藏室，果然傳來激烈的敲門聲。

「開門！我知道裡面有人！」

島野默默比手勢，示意三人啓動用腳踏式風箱與麵粉袋製成的簡易粉塵製造機。就在製造出最適當濃度的麵粉粉塵雲時，德國士兵踹開大門衝進屋裡。

屋裡一片黑暗，他們等於直接衝進麵粉的粉塵中。搞不清狀況，或者說狠狠吸入麵粉拚命咳嗽的人，摸索著想開燈——

那一瞬間，轟然爆炸。

爆炸引發巨大騷動，守在後門的士兵也不得不趕往正門。

後門還有一名士兵留守的確是誤算，不過……

來不及思考，身體已行動。

——誤算不稀奇，重要的是隨機應變。

擺平年輕的德國士兵後，腦中傳來這道聲音。

阻止亞倫奪取德國士兵的槍，也是因爲腦內的聲音如此命令。理由不明。

之後就是見招拆招。

丟下屋內的混亂逃出後，便交給「生於巴黎、長於巴黎」的亞倫三人選擇逃跑路線，一路狂奔……

「島野，你到底是何方神聖？」

瑪麗終於喘過氣，凝視島野再次問道。

「你怎會知道那種事？利用麵粉爆炸趁機脫身，不是一般人能夠想到的。」

「爲什麼呢？我也不清楚，或許粉塵爆炸是日本人的常識。」

「不會吧……」

「難說。」島野聳聳肩。

「尙、瑪麗，你們聽著。」

亞倫抹去額頭的汗水，輪流看著兩人。

「島野是什麼人？確實是耐人尋味的問題，但此刻有更重要的事。島野不僅救了我們的同胞法國老太太，還幫助我們脫離生死交關的險境，這是事實。何況，島野急中生智，利用麵粉炸彈打亂德國士兵的陣腳。」

「喂喂，亞倫，等一下。你該不會……」

「我在此提議，今後視島野爲同志，向他正式提出邀請，加入我們的運動。」

「你要把來歷不明，而且是與德國結盟的日本人島野當成同志？還要邀請他加入抵抗運動？」

尚錯愕得頻頻眨眼。

「亞倫，你該不會是瘋了吧？」

「我贊成亞倫的意見。」瑪麗出聲。「拜託島野加入我們的運動吧。」

「可惡！又是你們拿手的二票對一票嗎？隨你們的便！」

尚丟下話，撇過頭，氣得側臉脹成暗紅色。

「……事情就是這樣。」

亞倫轉向島野，鄭重道：

「島野，你願意加入我們的運動——幫助我們解放祖國嗎？和我們一起創造法國的歷史吧。當然，我們不會強迫你。這是賭命的危險地下活動，要不要參加，由你決定。」

亞倫的褐色瞳眸定定直視島野。

「該怎麼說……這個嘛，稍微……讓我考慮一下好嗎？」

面對這個意外的請求，島野不知所措地回答。

「總之，趁敵人追上來前，換到比較安全的地方吧。」

語畢，島野轉過身。

他大意了。

後頸突遭重擊，眼前一黑。

6

聲音，從非常遙遠的地方傳來。

「……爲什麼……爲什麼……你要做這種事……」

終於，他勉強稍微撐開眼皮。

星光下，浮現三道漆黑人影。

兩個人在他身旁，另一人站在對面稍遠處。

視野模模糊糊，無法對焦。

——該死，出手居然這麼狠。

島野無聲唾罵，暫且閉上眼，迅速檢查身體狀況。

他是面朝右側，蜷縮身子倒下。

大概是無意識擺出守勢，減弱了撞上地面的衝擊吧。

即便如此，仍不算成功，因爲——

指尖沒感覺，他無法掌握手腳的位置。

脖頸遭到重擊，向全身傳達命令的中樞神經系統停擺，需要一點時間才能恢復。

「騙人，我不相信！」

聽見淒厲的叫聲，島野再次睜眼。

「那麼，**你從以前就是德國的內應**——是監視反抗分子的德國間諜？」

好不容易將視線聚焦。

二對一，對峙的三條人影。

尙與瑪麗緊靠在一起，隔著一段距離和身材頎長的亞倫對峙……

不。

並非如此，之所以會形成這種局面——

「噢，尙，拜託放下槍。請你放開瑪麗！」

亞倫的懇求聲傳來。

尙的左手緊摟瑪麗，槍頂著她的腦袋。

尙粗壯的手臂勒住瑪麗脖子，緩緩搖頭。

「很遺憾，我辦不到。亞倫，除非等我把你交給德軍。」

「……爲什麼？」

瑪麗任由槍抵在頭上，怯怯問道。

「尚，應該深愛祖國的你，怎麼會協助德國……」

「都是妳的錯，瑪麗。」

尚低聲回答。

「妳拒絕我的求婚，說『現在不是兒女情長的時候』。可是，妳和亞倫卻老在我面前親熱……」

「什麼親熱……哪有……我只是贊同亞倫的看法，壓根沒那種意思……」

「閉嘴！可惡，你們每次都是二對一，單單排除我！」

尚把槍口用力抵著瑪麗的腦袋怒吼。

「把亞倫交給德軍，妳的心或許就會向著我，於是我主動接近德軍。我以德國內應的身分監視你們，打算找出亞倫是反動分子的確證，一併交付德軍。這次的騷動是個好機會。德軍會去祕密巢穴，是我到外面查探情況時**順便**通知他們的。爲了避免露出馬腳，我特地拜託他們挨家挨戶搜索面對馬路的住家。全員被捕後，應該只有亞倫會移送德國的強制收容所，我和瑪麗則會一起釋放。可是……」

尚咬咬唇，微微吐氣道：

「計畫失敗，沒想到會是這種結果。這樣下去，會換成我遭德軍通緝。所以，亞倫，很抱歉我必須直接把你交給德軍。連同躺在這裡的身分不明的可疑日本人。」

堅硬的尖頭皮鞋狠踹島野一腳。

島野痛得臉皺成一團。

不過，倒是縮短了復原需要的時間。

他確認全身的感覺。

沒問題。

這次能夠完全掌控，那麼——

島野緩緩站起。

尙吃驚地後退，拉開距離，左手依舊勒著瑪麗。

島野的雙臂垂在身前，踏出一步。

尙抵住瑪麗腦袋的槍口轉向島野。

「別過來！要是敢再走近——」

「……你開槍呀！」

島野沉聲放話。

尙的臉上掠過一抹怯色，渾身哆嗦，槍口上下左右晃動。

「怎麼啦？那樣可沒辦法瞄準。」

島野說著笑了，像是緩緩搖晃身軀，繼續跨出一步。

尙突然張大嘴巴，亂吼亂叫。

他粗魯地推開瑪麗，雙手握槍，扣下扳機。

7

在黑暗中跪倒的瞬間，首先浮現腦海的是對自己的嘲笑。

誤算太多。

偏偏出現這種誤算，眞是做夢也沒想到——

霎時，意識遠離，彷彿被吸進黑暗深處。

耳畔響起平板的低語。

…………

他倏然回神，訝異地蹙眉。

地獄使者？

冥府的引渡人？

不，不對。

這個令聽者毛骨悚然的冷漠聲音主人是——

是**魔王**。

島野扯動唇角一笑，抬眼窺望聲音的主人。

分隔罪人與神父的綠布，不知何時已悄悄拉開。

一根蠟燭的光芒照亮男人的側臉。然而，狀似修道士的黑帽深深罩住他的頭部，除了下巴，幾乎看不清面孔。

——傷腦筋，居然做到這種地步。

島野暗自苦笑，聳聳肩，開口「告解」。

「九〇比八比二。這是目前法國國內，旁觀者、德國內應、反抗分子的人數比例。」

這是自巴黎搭乘列車約需一小時路程的鄉下小鎮。位於鎮中心的天主教堂，是此次指定的碰面地點。島野一踏進教堂腹地，報時的鐘聲響起。

他停下腳步，聆聽鐘聲。

鐘聲向島野傳達幾項情報。

「清掃完畢——『確認沒有監視者及竊聽器。』」

「按照預定進行會面。」

「接觸方法爲三號。」

「暗號是……」

如果有人細聽，或許會察覺鐘聲與平日稍稍不同。但是，**能夠理解鐘聲隱藏訊息的，只有在D機關受過訓練的人。**

D機關。

日本帝國陸軍內部祕密設立的間諜培訓機關。

雖然是軍方組織，成員卻非陸軍大學或陸軍士官學校出身，而是被蔑稱「地方人」的平民百姓——以帝大、早稻田、慶應或歐美一流大學畢業生爲對象，進行諜報員教育後，交付任務。爲此陸軍內部視D機關如蛇蠍，鼻息咻咻、摩拳擦掌，一有機會就想殲滅他們的人不在少數。

在這種情勢下，D機關事實上僅憑一人之力創立，繳出不容挑剔的成績，力壓周遭的雜音。

結城中校。

以「魔王」之名震懾四方的男人。

據說，結城中校曾是優秀的間諜。他究竟是怎樣的人物？身爲D機關一員的島野也了解不深。

不，不僅是結城中校。在D機關，培訓生用的是假名與假經歷，不知彼此的底細。「日本留學生島野亮祐」，也是爲這次任務準備的假身分、假姓名。

D機關成員奉命出任務時，會收到最符合需求的「假經歷」。從外貌、履歷、人際關係、言行舉止、口頭禪、嗜好及吃東西的喜惡，舉凡能夠徹底化身爲該人物的種種詳盡且龐大的情報皆會提供，通常是一週內，若時間緊迫，甚至兩、三天內就得完全消化——

所以，這點本事是理所當然的。

當初接受D機關的甄選時，島野中途多次差點忍俊不禁。

考試內容非常奇妙，簡直前所未見。

比方，在桌上攤開世界地圖詢問塞班島的位置，但地圖其實巧妙移除了塞班島。若是指出這一點，會接著問攤開的地圖底下放什麼物品。或者，剛回答完從進入建築物到考場為止的步數及樓梯階數，就被要求在數秒內讀完鏡中倒映的文章，一字不漏地複誦。

島野答出全部的問題。

蓋在地圖底下的物品，包括德文書籍、茶杯、二支鋼筆、火柴、菸灰缸……他準確無誤地列舉出十幾樣東西，順便附送書名及作者姓名，及菸灰缸殘留的是哪個牌子的菸蒂。走到考場的步數與階梯數自不消說，連廊上有幾扇窗、是開是關，甚至是主考官沒問到的玻璃裂痕都逐一指出。

鏡中映出左右相反的文章，他不僅能正確重現，還能倒著複誦。

「差點忍俊不禁」，不是考試內容太可笑，而是他暗暗想著：

——除了自己，誰能通過這種測驗？

他沒眞的笑出來，是因爲發覺一起接受測驗的人，似乎和自己是「同類」——優秀得恐怖，而且個個擁有強烈的自負心。

之後，島野與他們一同在D機關受訓，例如學習處理炸藥和無線電，及操縱飛機。在

D機關，除了請知名大學教授講解醫學、藥學、心理學、物理學、生物學等課程，也從監獄帶來道上響叮噹的扒手及開保險箱的專家進行實技指導。此外，還有魔術師示範掉包物品，傳授舞技、撞球、易容術。最奇特的是，甚至找職業小白臉表演如何追求女人。

激烈的武術訓練結束後，在冰冷的水中穿著衣服游泳，徹夜未眠地移動，還得把前一天奉命背下的複雜暗號運用自如。在完全的黑暗中，只能靠指尖的觸覺拆解各國軍隊使用的手槍，並重新組合至能夠使用的狀態。

訓練生全都面不改色達成要求。

實際上當然不容易，只不過是在被迫測試肉體與精神的極限時，告訴自己：

——這點小事我肯定做得到。

這麼想的，絕非島野一人。

待鐘聲響完，島野才打開教堂的門走進去。

習慣明亮的戶外陽光後，教堂內感覺異常黑暗。但是，他立刻藉著事先戴上眼罩、已適應黑暗的左眼切換視野。

左手邊靠牆有個箱形小房間。

告解室。

那是天主教稱爲「和好聖事室」的特殊場所。在那裡訴說的內容絕不會外洩——

「接觸方法爲三號。」

想起指令，確認四下無人後，島野迅速從告解室的布簾縫隙鑽入。

在黑暗中跪下的瞬間，腦中浮現的是對自己的嘲笑。

島野一走下鄉村小鎮的車站月臺，三名結伴的陌生法國老婦便叫住他。雖然他假裝不懂法語想擺脫對方，老婦仍緊緊糾纏，耽誤不少時間。好不容易打發老婦，也不能拔腿狂奔，畢竟在小鎮街道上奔跑的外國人太顯眼，所以差點錯過指定時間。

這是天大的誤算。

來到此地還會惹上這種麻煩，實在是出乎意料，因而及時抵達後，他總算鬆口氣。安心之餘，意識險些被吸入黑暗深處。

——法國老太婆是我的罩門。只要碰到她們，就會出現過多導致誤算的因素。

島野心想，苦笑著繼續報告。

沒想到，今天魔王——結城中校會現身（之前島野接觸的都是代號「地獄使者」或「來自冥府的引渡人」的法國當地通信員）。

島野的任務本身並無誤算。

不，並非如此。

他是將一切可能發生的誤算列入考量後，才執行任務。例如——

教老婦說那些話的是島野。

——該死的納粹！

——變態法西斯！

——希特勒最好下地獄！

島野在氣憤德國士兵接收自宅的老婦耳邊，灌輸反納粹的言詞，並施加暗示，把她送到德國士兵面前。

在老婦慘遭槍殺前出面，當然不是基於「搞不清狀況的日本留學生，見老太太有難挺身相助」或「在日本接受的教育就是要無條件尊敬長輩」之類的理由。

島野不能任她被殺。

一旦有人喪命，往往會成爲周遭的焦點。無論身處何種場合都要避免引起注目，這是間諜的鐵則。

況且，這次任務另有目的。

島野的目標打一開始就是亞倫等人。

亞倫涉及反德運動，而且是運動領導者，這一點事前已查明。藉由幫助老婦贏得他們的信賴，混入他們之中，趁機確認、掌握反抗分子在法國被占領下的實態——才是此次任務的眞正目的。

如同島野的預測，在德國士兵帶走他前，亞倫等人伸出援手（倘若該時點他們沒介入，執行另一個計畫即可）。一片混亂中，他的頭部遭到重擊暫時失憶，要說是誤算也堪稱誤算。原本打算讓德國士兵**恰當地揍一下**，受個最低限度的傷，不料被拽住手臂，受到超乎想像的重擊，才會落得失憶的下場——

不過，這也在「可能發生的誤算」範圍內。

外來的衝擊往往會造成人類記憶的混亂。

通常是頭部受到重創，或者藥物、電流的刺激。

這些都是間諜落入敵方手中，遭到拷問時，可以想見的事態發展。

正因如此，D機關的成員會接受訓練，在**那樣的狀態下**任務所需的情報也不會混淆。

——這並非難事。

訓練期間，結城中校向半信半疑的培訓生說明。

因刺激而暫時混亂的僅限表層記憶，只要學會將任務所需的情報輸入無意識層就行了。

訓練生們既未苦笑也沒反彈。

——那種小事自己不可能做不到。

D機關聚集的，全是自負心如此強烈的人。

當時，尚突然重擊他的後頸——

眼前一片漆黑，清醒時他已躺在地上。

然而，記憶也因此完全恢復。

包括自己是何許人，及應該做什麼。

遭尙堅硬的皮鞋踹頭的島野，確認能完全控制身體，緩緩起身，然後——

想起尙畏怯的神情，島野不禁冷冷一笑。

眞可憐。

一定很害怕吧。

在尙的眼中，島野想必形同黑壓壓的怪物。那一刻，島野**模仿了結城中校的氣勢**。

「怎麼啦？那樣可沒辦法瞄準。」

島野說著，朝持槍不斷發抖的尙又走近一步。

尙亂吼亂叫，粗魯地推開瑪麗，雙手舉槍，扣下扳機。

那一瞬間，島野倏然逼近，扣住尙的胳膊往地上一甩。

「亞倫、瑪麗，撿起槍！壓住尙！」

島野下達指示，二人立刻反應過來，撿起掉落的手槍，幫島野壓制昏倒的尙。

等他們回過神，島野已消失無蹤。

「島野！你在哪裡！」

背後傳來亞倫的叫聲，但很快就聽不見。

之後，不難想像亞倫與瑪麗會怎麼談論這次的遭遇，島野忍不住好笑。

「日本人果然不怕死。」

眼前彷彿浮現瑪麗搖頭慨嘆的模樣。

「居然敢反擊持槍的對手……」

「武士道就是看透死亡。」

亞倫一定會以內行人的口吻解釋吧。

「對日本人而言，生命的終極目的就是死亡。」

果眞如此——

誤會就太大了。

恰恰相反，島野是要確保沒人會在那種狀況下喪命。尙粗壯的胳膊緊緊勒住瑪麗，一旦被激怒，極有可能扭斷失戀對象的脖子。

——只要沒製造出屍體，亞倫就能收拾善後。

既然打定主意，當務之急便是從尙的手中救出瑪麗。

於是，島野借用了結城中校的氣勢。

畏怯的尙必定會把槍口對著島野。爲了瞄準目標，他只能雙手握槍。爲了保護自己，他不得不放開瑪麗。島野迅速在腦中盤算，何況——

本來就沒有被擊中的風險。

「槍好像故障了，扳機卡住……」

將藏在書裡的槍交給島野時，瑪麗這麼告訴島野。

島野接過槍，進行拆解、修理。雖然記憶尚未恢復，雙手卻自行動了起來（這就是「將任務所需的情報與技術儲藏在無意識層」）。

在D機關，不只日軍的武器，也蒐羅別國軍隊使用的槍械，訓練他們在黑暗中憑指尖的觸感拆解重組。光聽到槍聲，他們就能鎖定槍支種類，判斷可裝填的子彈數量、能否連續發射，及其他優缺點。

一九一四年製的法國舊型手槍，島野就算背著手也能組裝。

修理到一半，島野發現不太對勁。

雖經巧妙僞裝，仍看得出故障是人爲的，顯然是蓄意讓槍不能使用。若是如此——

「（這把槍）是尚辛苦弄來的。」

亞倫這麼提過。

尚提供反抗組織有問題的槍，爲什麼？

爲了找出原因，島野特意將修好的槍交給尚。

倒也奇怪，拿到槍的人必然會想開槍。換句話說，行動模式很單調。在島野看來，把槍交給尚，等於限定尚行動的可能性。

而且，島野第一發塡裝的是空包彈。

意即，交出修好能用的槍（至少對方這麼以為）時，已能大致預測尙的後續行動。

接下來，只要等尙自己露出馬腳。

至於怎麼處置暴露叛徒身分的尙，就要看亞倫身為反抗軍領導者的手腕了。不過——

「現階段，法國國內的反抗分子以學生為主，多是偶發行動。無法確他們是不是有武器來源的組織。」

島野繼續低聲「告解」。

九〇比八比二。

如同島野報告的比例，目前在遭德國占領的法國，反抗分子屬於極少數派。這樣下去，難以維持組織性的活動。一旦組織的行動停滯，出現尙那種叛徒的機率也會提高。

唯有出現能夠團結他們的絕對象徵性人物，今後法國的反抗運動才可能蓬勃發展。維琪政府已徹底成為德國的傀儡，不可能存留足以統御反抗分子的人物。

「要論可能性，比方說，對了——」

島野話一頓，瞇起眼，準確憶起在祕密巢穴零星目睹的物品。

架上有一台收音機，及一套修理工具。靠牆豎著兩支釣竿。桌上散放幾個彩色花紋的火柴盒。英文報紙。皺巴巴的包裝紙一疊——

彩色火柴盒大概是製作法國國旗的材料。

刻意揉皺的包裝紙顯然是障眼法。拿廢紙包裹東西寄出去，裡面的東西會被檢查，包裝紙卻不會被檢查。那包裝紙上，想必以隱形墨水寫了字，或是利用簡單的亂數表印刷最基本的密碼文。依郵戳判斷是海外寄來的包裹。英文報紙。收音機調到英國廣播公司（BBC）的頻率。還有——

最後是兩支釣竿（deux goal）。

戴高樂（Charles de Gaulle）是法國政府倉促向德國投降時，亡命英國的將軍。

野心家。

桀驁不馴。

倔強頑固。

不把人當人看待的法西斯主義者。

戰前無論在國內外都風評極差，但祖國戰敗遭到占領的緊急關頭，或許需要的正是他這種**自我色彩**強烈的人物。

結城中校就像接受罪人告解的虔誠修道士，淡淡聆聽島野分析法國反抗軍。

「所以，您看怎麼辦？要繼續跟進嗎？」

「告解」結束，島野從容問道。結城中校依舊側著臉，嘴巴幾乎沒動，低沉冷漠地應道：

「你先回國吧。下一班白山丸號是最後一艘返國的船。」

最後一艘返國的船？

島野皺起眉。

中校的意思再明白不過。

日本政府很快會與法國開戰。

受德軍在歐洲連續閃電進擊的成果吸引，日本政府打算與德國締結軍事同盟。「小心沒趕上巴士。」日本軍人之間公然流傳著這樣的私語。雖然早有耳聞，但是——

不會吧。

島野啞然，不禁搖搖頭。

果眞如此，那才是這次任務最大的誤算。

的確，德國以閃電攻勢降服號稱擁有歐洲最強陸軍的法國。可是，那純粹是法軍的失誤，因爲他們忽視兵器與戰略的近代化，只想到壕溝戰。反觀納粹德國，對於今後理當會與英國相爭的制海、制空戰，根本看不出明確的願景。

前幾天剛這麼報告過，爲什麼——

島野瞇起眼，終於明白結城中校特地現身的理由。

報告受到漠視。

或遭陸軍內部壓下？

日本政府不顧島野提供的情報本該做出的結論，硬是決定與德國締結軍事同盟。結城中校怎麼看待此一事實？哪怕他沒戴那頂深深遮住臉龐的帽子，島野還是無法想像。

他只清楚一點。

「日本留學生島野亮祐」的假面具，已派不上用場。

最後一艘返國船隻出航，當地還有留學生未免太不自然。若因身分罕見導致舉手投足皆引起側目，不可能執行間諜任務。

任務終了。

結城中校的登場，就是要向島野宣告這件事──

驀然，亞倫帶著體貼微笑的褐眸浮現腦海，島野發現自己微微感到遺憾。失憶期間，他與他們並肩行動。他們正式邀請入夥，他困惑不解。島野愉快地回想著……

低沉的話聲傳來，他赫然回神。

──你要留下也沒關係。

他不禁苦笑。

他不認為自己會把想法寫在臉上。只是，他忘了對方是結城中校，從些微的眼神流轉便能正確解讀他的想法。

對，說不定，亞倫他們會名留青史。改變歷史的往往是他們這種普通人的行動。信賴。友情。夥伴。解放祖國。

全是帶有甜美氣息的漂亮口號，想必有許多人樂於爲任一標語奉獻生命。無論是現在、過去，或是未來。然而——

D機關成員乃是結城中校親手挑選，克服嚴格訓練的菁英——專業間諜。他們不會遭任何話語擄獲，更不可能爲那種東西犧牲性命。

活下去。

活著歸來報告。

那是D機關成員被賦予的使命。

既然恢復記憶，他無意再與普通人一起玩**間諜遊戲**。

「我會回去。」

島野聳聳肩。

「但是，下次請給我稍微有點骨氣的任務。」

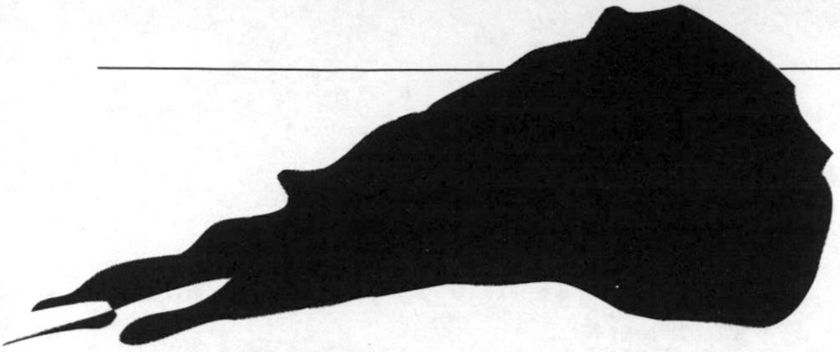

失樂園

1

據說，從歐洲去亞洲旅行的人都會相約：

「下次在萊佛士酒店見面吧。」

萊佛士酒店。

號稱「東方之珠」或「神祕樂園」，英屬新加坡的最高級歐式飯店。以白色爲基調，採用維多利亞後期樣式及文藝復興樣式的厚重華麗建築。多年前，英國皇太子也曾造訪這間飯店，並在舞廳跳舞的軼事傳開後，從此博得「蘇伊士運河以東最佳住宿地點」的美名。

在萊佛士酒店的酒吧——即「樂園中的樂園」吧台前，美國海軍士官麥可．康貝爾，卻如臨世界末日般黯然嘆息。

他以領事館武官的身分赴任已半年。

對康貝爾而言，這段日子的新加坡宛若樂園。

雖然早有耳聞，但新加坡和他見過的世界上任何一個城市相比，都是異樣美麗的地方。

市中心聳立著聖安德魯教堂的華麗尖塔，接著是一片白石打造的政府機關，及最高法院的圓頂建築，規律排列在保養良好的綠丘上。從市中心延伸出多條筆直寬闊的馬路，馬路兩旁是青翠的綠地，設有高爾夫球場、網球場、板球場等運動設施。公園與兒童遊樂場也隨處可見。

此地雖屬熱帶氣候，男人在上班時間還是穿著有假領片與領帶的白色亞麻西服。晚間不是穿晚禮服，就是短版的晚餐正裝。儘管滿頭大汗、醜態百出，但他們顯然深愛殖民地特有的冒險餘香、噪音、步調緩慢的生活，及這個有機會一攫千金的城市。

在這座位於赤道正下方、面對麻六甲海峽，呈鑽石狀的島嶼，大英帝國的殖民地化空前成功。

不過，在年輕的美國軍人康貝爾心目中，「樂園」絕非英國人苦心經營出的特殊殖民地文化，也不是麻六甲海峽吸引旅人的美麗海洋風光，或者路旁綻放的美麗蝴蝶蘭之類的東西——基本上，那種東西能否入他的眼都還是個疑問。

剛到任不久，康貝爾就在飯店大廳看到一名年輕女子，當下如遭雷擊。

婷婷玉立的風姿。及腰的烏亮長髮呈波浪狀起伏，小麥色肌膚潤澤生光。姣好的瓜子臉上，是一對黑多白少的杏眼。嫣然一笑時，露出像小巧珍珠般整齊的皓齒……

他失魂落魄地盯著女子，直到遭同事肘擊腰際。

回過神，康貝爾激動地逼問同事。

她是什麼人？家住何處？父母是誰？怎樣才能認識她？

同事聽得目瞪口呆，他好不容易打聽出對方名叫茱莉亞．奧森。

今年芳齡十八，是擔任礦區技師的丹麥父親與泰國母親結合生下的「女神」。

「她呀……對，她應該還沒結婚。」

這句話傳入耳中的瞬間，康貝爾的眼前出現一片樂園。

之後，康貝爾憑著戀愛中人的厚臉皮，及美國人特有的粗神經，展開猛烈攻勢。另一方面，他也毅然脫離以混血為由，不樂見茱莉亞出席的白人俱樂部。

起初，他似乎被當成可疑人物。然而，最後不管是茱莉亞，或她那頑固的父親，都敵不過康貝爾的愛情，或者說熱情，同意交往（母親在她幼年時去世）。

康貝爾身材高大，相貌英俊，還有一雙充滿魅力的藍眼睛，是討人喜歡的好青年，加上在南國豔陽下格外體面的美國海軍雪白士官服，想必也不無影響。

兩人在號稱樂園的城市頻繁約會。

盡快找個日子結婚吧。

最近他們已有此打算，豈料——

康貝爾搖頭，再度深深嘆息。

昨晚，一名住宿萊佛士酒店的英國企業家屍體被人發現。

茱莉亞被警察當成嫌犯逮捕。

問題在於，茱莉亞已坦承殺人。

2

案件發生在昨天半夜。

飯店管家巡視毫無聲息的館內時，在名爲「棕櫚園」（palm court）的中庭陰暗處，發現茂密的南洋植物之間橫躺著一個男人。

起初，他以爲是有人醉倒在那裡。

萊佛士酒店向來以英國上流階級爲主的優越客層聞名，但偶爾也會有深夜溜出客房，在中庭喝得爛醉如泥的客人。飯店管家的職務之一，就是處理**丟臉的狀況**，以免醜事外揚。

他得把不守規矩的客人悄悄送回房間。

只是，撥開樹叢走近後，飯店管家察覺不對勁。

聽不見醉漢特有的粗重呼吸聲。他伸手想探脈搏，發現對方的皮膚觸感明顯與活人不同。

接下來他的行動，實在不太值得誇獎。

確定男人已死，他扛起屍體搬進最近的空房，在床上擺平，才慢吞吞地報警。

警察抵達後，詢問原因，年長的飯店管家坦然答道：

「第一，屍體留在中庭會影響到其他客人。第二，既然往生者也是我們的貴客，就不能任由他躺在那種地方。」

死掉的男人，是英國企業家喬瑟夫．布蘭特。

他是萊佛士酒店的房客。

布蘭特在母國的出身階級並不高。他年紀輕輕便渡海來到馬來半島，白手起家，算是所謂的「暴發戶」。名下擁有大片橡膠園，也是錫礦區的大股東。現年五十四歲。最近經常造訪新加坡，每次必定下榻萊佛士酒店。一喝酒，就會不分對象地胡亂糾纏，常客都敬而遠之。

死因是頸髓損傷，他的脖子斷了。

經過調查，在布蘭特陳屍地點的正上方，二樓的迴廊欄杆附近找到沒喝完的威士忌酒瓶。昨夜，布蘭特八成是獨自坐在欄杆上喝酒，醉到重心不穩，摔下二樓，才會折斷脖子。

喝醉失足摔死。

警方剛要判定是意外死亡，茱莉亞．奧森在父親的陪同下到警局自首。

「小女好像殺了人。」

丹麥籍的父親對出面接待的警察如此說明。之後，茱莉亞在父親的催促下開口敘述事情的經緯——

昨晚，她去拜訪投宿萊佛士酒店的友人（同年的女性）。久別重逢，雙方聊得起勁，不知不覺超過她預定停留的時間。

走廊早已熄燈，空無一人。不過，她並非初次造訪萊佛士酒店，於是沿著走廊快速步向大門口。經過面對中庭的二樓迴廊時，柱子後方的陰暗處突然伸出一隻手，拽住她的胳臂。

她驚慌失措地甩開那隻手，逃離現場。背後隱約傳來慘叫聲，但一片混亂中，她不是很確定。

到了早上，她聽說布蘭特身亡。

恐怕是當時我甩開那隻手，他才會摔死。我想自首，好好贖罪——

是茱莉亞自己這麼說的，事實無可爭議。

康貝爾接獲消息，立刻趕往警局，拚命拜託警察讓他見茱莉亞一面。可是，警方聲稱在偵訊結束前不能讓她見任何人，毫不客氣地把他趕回來。

他在吧檯撐著雙肘，苦惱地抱著頭。

腦海不禁浮現最後一次與茱莉亞見面的情景。

傍晚時分，兩人在籠罩夢幻金黃色的美麗庭園散步，茱莉亞神情一暗，低喃：

「我有時會非常不安……眼前樂園般的美景，該不會明天就消失無蹤吧？想到這份幸福或許只屬於今天，我就忽然很想哭……」

康貝爾緊緊抱住她，向她保證一定會守護這座樂園，讓她幸福。那是……對，短短二天前的事。然而——

康貝爾抱著腦袋，緩緩搖頭。

雖說是自首，茱莉亞畢竟害死一個英國人。請來再高明的律師，也無法免罪。

「依殺人或過失致死罪，判處一至三年的實刑。」

早已傳出這種不負責任的流言——

康貝爾想起剛到任，前去視察樟宜監獄時的情景，不禁絕望地呻吟。

雙重的高聳水泥牆內，是一棟棟三層樓高的監獄。裝著鐵欄杆的窗戶。受嚴密監視的單人囚房裡，冷清單調的鐵床。床單泛黃，看得出日用品的供給並不充分。整齊劃一的囚服。排隊，點名。不乾淨的環境。作業空檔的粗陋飲食……

光想到茱莉亞要在**那種地方**待一年，不，哪怕只是半年，他就快發狂。

視野一隅，忽然有人遞來一個酒杯。

「要是不嫌棄，試試我們的雞尾酒吧？」

一抬頭，他與吧檯對面微笑的男人四目相接。

3

對方的黑髮梳得很整齊，身穿連第一顆釦子都扣上的白色服務生制服，襟口打著黑色領結。

原來是萊佛士酒店僱用的酒保。

康貝爾不禁蹙眉。

通常是他出聲點飲料，這是酒保頭一次主動搭話。

萊佛士酒店有各種國籍的員工，包括身高近二公尺的印度門房、矮小的馬來客房服務員，廚房的工作人員聽說多半是華裔。不過，日英同盟瓦解後，唯獨日本人絕不會被聘僱。

主動搭話的酒保八成是中國人，一雙東方人特有的鳳眼，仔細一看，五官意外俊秀。

康貝爾不記得見過對方，原本他就不會特別注意飯店從業員的長相。

來回審視吧檯遞來的雞尾酒杯與露出奇異微笑的酒保，康貝爾恍然大悟。

雖然坐在吧檯，他卻一杯酒也沒叫。酒保肯定是忍無可忍才催他點酒。

「不好意思。我想想，一杯純馬丁尼，不要橄欖……」

「不，不是的。我不是問您要點什麼。」

酒保莞爾一笑，以漂亮的英國腔解釋。

「關於這杯雞尾酒，我想聽聽康貝爾先生的意見。」

「對雞尾酒的意見？你問我嗎？」

康貝爾一怔，旋即反應過來。

數日前，就在這酒吧，他曾對茱莉亞大談雞尾酒的門道。想必酒保是聽見當時的對話，以為他很了解雞尾酒。

康貝爾撇唇苦笑，目光移向吧檯上的酒杯。

名為tumbler的長飲用平底直筒玻璃杯，盛裝著宛如新加坡美麗夕陽的豔紅雞尾酒，搭配櫻桃。表面微微冒泡，應該是加了蘇打水。

在酒保的催促下，康貝爾舉杯就口。

「怎麼樣？」

「不壞。」

康貝爾把杯子放回吧檯。

「不過，稍嫌太甜。我可不會叫第二杯。」

「果然如此嗎？」

酒保垮下肩膀，輕嘆口氣。

「其實，前幾天有位年邁的客人說，以前旅居此地期間，曾在本酒吧喝過名為『新加坡司令』的雞尾酒，一直念念不忘，叫我調一杯。可是，不巧我們並未保留當時的酒譜……雖然根據客人提供的種種意見一再嘗試，還是調不出完美的味道。」

酒保搖搖頭，然後抬起臉，討好地問：

「不介意的話，要不要再試另一種配方？」

之後，酒保又免費提供數杯雞尾酒，他只得應要求講些意見。

最好從根本上重新檢討想法。把當基酒的琴酒換一下吧，那和櫻桃白蘭地的調性不合，味道像在嘴裡打架。兌在酒裡的，也不要墨守成規單放檸檬汁，既然地處南國何不多嘗試鳳梨與芒果等水果？不，用香蕉裝飾值得商榷。砂糖的味道太突出會搞砸一切，必須巧妙隱藏。蘇打太嗆，添加的時機很重要。我想想，乾脆把順序顛倒過來如何——

不知不覺，似乎有點醉了。

康貝爾環視四周，察覺不太對勁，暗自嘀咕：

「……今天怎麼這麼冷清。」

換作以往，不管是星期幾或幾點，萊佛士酒店寬敞的酒吧隨時都是滿座，今天卻門可羅雀，客人一隻手就數得完。

「畢竟剛發生那種慘劇……」

酒保垂眼應道，康貝爾赫然回神。他內心一陣刺痛，卻也湧起正視現實的勇氣。

當下，除了一味抱怨苦惱，應該還有能為茱莉亞做的事。例如，既然要上法庭，可蒐集對茱莉亞有利的情報，增加陪審員的正面印象，就算沒辦法獲判無罪，至少能縮短刑期——

「關於昨晚死在這間酒店的男人，你能否透露一二？」

康貝爾傾身向前，詢問酒保。

「聽說喪命的布蘭特幾天前便住在這間飯店，想必也常來酒吧？」

「當然，他幾乎天天光顧。」

酒保擦拭著錫製的銀色雞尾酒杯，點點頭。而後，他高舉杯子，仔細確認表面是否殘留汙垢。

「他是怎樣的人？什麼都行，把你注意到的都告訴我。」

「這個嘛……」

酒保停下手，四下張望，然後皺起眉，悄聲道：

「偷偷告訴您，他在酒吧的評價不太好。畢竟他很shy……」

「很害羞內向？」

跟一個特定行爲有關，酒保比出在吧檯上寫字的動作。

討厭簽名（pencil shy）。

原來如此，是這麼回事啊。

康貝爾皺起臉。

在新加坡，身爲殖民地宗主國的英國人，在屬於特權階級的白人社會中建立一種獨特的立場。比方，他們平時不會隨身攜帶現金，無論吃飯或購物，簽個名就能了事（附帶一提，身爲美國人的康貝爾，即使喝一杯雞尾酒也得支付現金）。

在新加坡的英國人社會，被稱爲「pencil shy」是最大恥辱。「暴發戶」布蘭特，似乎是個注重眼前的實際利益勝於周遭評價的人物。

「一旦喝了酒，那種傾向會更強烈，甚至鬧得有點過分。」

原來如此，康貝爾點點頭，繼續追問：

「其他的呢？他喝酒後都講些什麼？有沒有講過誰的壞話？或是與誰發生爭執？」

死掉的男人如果平時有冤家，而對方又是本地的有力人士，在法庭上會很有利——康貝爾是這麼想的。

「一杯酒下肚，大夥都會變得比較饒舌。」

酒保輕輕苦笑。

「布蘭特先生……該怎麼形容，他是個與眾不同的樂天派和平主義者。就像昨天，反倒因爲那樣發生口角……」

酒保笑著說到一半，忽然驚醒似地慌張閉嘴。他臉上寫著「不小心談論太多客人的事」，但康貝爾不能就此放棄。

「告訴我，昨天布蘭特到底和誰發生口角？」

他傾身向前懇求道，酒保歉疚地聳聳肩。

「對不起，我不方便再透露……」

「拜託，請你幫個忙。」

酒保有些困惑，最後仍敗在康貝爾的認眞下，小聲補上一句：

「想知道昨天的事，不妨去向坐在那邊的客人打聽。」

康貝爾轉過身，順著酒保的視線望去。

牆邊的桌旁，一個體型肥胖，有著鷹勾鼻的紅臉老人在獨酌。康貝爾在酒吧看過他好幾次。他是到新加坡養老的退役軍人，記得名叫——

「湯姆森准將，曾是英國海軍軍人。」

酒保附耳低語。

死去的布蘭特昨天也和他一起喝酒。如此說來，只能找他聊聊。

「我要波本……不，兩杯蘇格蘭威士忌，牌子由你選。替我送到那邊的桌子。」

「好的。」

酒保的回答在背後響起，康貝爾起身走向湯姆森准將。

4

「敬大英帝國！」

康貝爾一舉杯，湯姆森准將立刻放鬆態度。

一口氣喝乾，他笑著嘟囔：

「這才是酒中之酒，眞搞不懂喝雞尾酒的人在想什麼。」

康貝爾苦笑，打手勢要酒保再送兩杯威士忌過來。

「敬美利堅合眾國！」

這次輪到湯姆森准將舉杯。

點燃粗大的雪茄，呑雲吐霧一番後，他瞇起眼說：

「在新加坡，任何東西都能弄到手。旅居異地依舊能享受故鄉的美酒，還有上等的雪茄，早餐則有剛出爐的法國麵包、香腸、英式燉豆、愛爾蘭蔬菜燉肉，甚至雪梨產的新鮮石蠔。想要的話，連孩童最愛的英式高級冰淇淋都吃得到——簡直是樂園。」

「昨晚，有人就在這座樂園死去。關於這件事，我想請教一下。」

一切入正題，湯姆森准將直視康貝爾。

「你的女友倒是可憐。」

他輕輕聳肩。

「不過，畢竟因她死了一個英國人，總該盡盡義務，哪怕是混血。這就是所謂的文明。」

——混血？

康貝爾勉強按捺內心的氣憤，努力假裝平靜繼續道：

「聽說，死掉的布蘭特是出了名地討厭簽名？」

湯姆森准將聳聳肩，不耐煩地搖頭。

「對，每次該在帳單簽名時他就會突然裝死。不是裝睡，是**裝死**。胡鬧也要有個限度，所以人家才說暴發戶沒有自尊心。我好幾次都想臭罵他一頓，唔……對喔，他眞的死掉了。死者爲大，我不便再批評他。」

語畢，他緊緊閉上嘴。康貝爾只得換個問題。

「布蘭特似乎是個與眾不同的樂天派和平主義者，昨天也是因此發生口角。樂天派和平主義者？那究竟是什麼意思？」

「在這裡的我們，全是樂天派和平主義者。你不覺得嗎？」

湯姆森准將冷冷一笑，環視四周後，重新面向康貝爾問道。

「這座樂園不適合鬥爭。連畢生服務軍旅的我，都打從心底祈求眼前的和平能夠直到永遠。哎，說實在的，我死也不願有人擾亂樂園的和平。」

「但是，歐洲早就爆發戰爭。到這節骨眼，恐怕已沒有『永遠的和平』。」

康貝爾皺眉反駁。

「你的祖國大英帝國，此時此刻正與納粹德國打仗。不只是歐洲，英國國內不久前也開始實施食品配給制。我認爲這種狀況，有點難以稱爲和平。」

「唔，配給制確實頗傷腦筋。」

湯姆森准將的粗脖子一縮。

「不過……唉，在這裡實在無法想像。食物自然不消說，酒類也是無限制供應。每晚必定有地方開舞會，和母國截然不同。而且，放心，希特勒怎樣都不可能打來新加坡吧。」

「撇開希特勒不談，日軍呢？」

面對一派樂天的前大英帝國軍人，康貝爾態度愕然地問。

「日軍現在違背國際社會的意見，不惜退出聯合國，持續與中國打仗。和納粹德國聯手的日軍，虎視眈眈尋求進出南方的機會——我們美國是這麼認爲的。」

「可是，我問你，日軍到底能有多大本事？」

湯姆森准將冷哼一聲，顯得極爲不屑。

「你想想，連裝備簡陋的中國軍隊，他們都打了好幾年，搞得焦頭爛額。亞洲人還是該和亞洲人打，絕不是我們大英帝國的對手。」

「不過……」

「聽好，小子。你是美國人大概不知道，當初教日本人操作軍艦的可是我們英國人。好吧，萬一如你所說，日軍莽撞無謀地企圖進軍南方，妄想攻打新加坡。」

湯姆森准將話一頓，從外套口袋取出層層折疊的紙張，在桌上攤開。

那是馬來半島的地圖，半島南端的小島是新加坡。

「屆時日軍也一定是率領大艦隊從海上正面來襲。」

他戳著地圖斷言，朝康貝爾咧嘴一笑。

日英同盟瓦解後，日本成爲英國的「敵人」。在東方殖民地據點的新加坡，英國不可能沒做好防衛日本的準備。

幾年前，英國本土祕密將擁有十萬噸容量的巨大浮船塢拖至印度洋，用來建設海軍基地，以作爲英國東方艦隊根據地。

在海岸線的重要據點則打造碉堡，配備十五吋炮臺，睨視大海。

再加上被譽爲英國海軍最新、最強的「不沉戰艦」威爾斯王子號，伴隨同樣巨大的戰艦雷帕斯號，目前在新加坡海域巡航……

微醺的湯姆森准將大放厥詞，康貝爾聽得目瞪口呆。

他驚嘆的不是英國的新加坡防衛措施。

從英國本土拖來十萬噸的巨大浮船塢當海軍基地，在海岸線設置十五吋炮臺的碉堡，乃至配備威爾斯王子號、雷帕斯號兩大巡洋艦的計畫，應該都屬於極爲機密的軍事情報。

萊佛士酒店也有一般客人出入。

這種機密軍情要是傳到日軍耳中怎麼辦？

康貝爾小聲勸阻，湯姆森准將不耐煩地擺擺手，應道：

「萊佛士酒店沒半個日本人啦。門房絕不會放日本客人進來。員工都經過嚴格的身家調查，跟日本沾上一點邊，一開始就會拒絕僱用。在這裡說什麼都不要緊。」

不過……康貝爾想起前幾天領事館收到的機密情報，左右張望後壓低音量。

那份蓋有「最高機密」戳印的報告書上寫著：

——日本陸軍內部似乎已悄悄成立間諜培訓機關。詳情不明，但該機關培養的日本間諜個個優秀得嚇人，須提高警覺。

「太可笑了。」

湯姆森准將一臉哭笑不得，語氣極爲不屑。

「黃種日本人哪可能成爲優秀的間諜。」

看他的表情，不只日本人，顯然連一般亞洲人也沒放在眼裡。

驀然間，他想起什麼似地摩挲下巴。

「等等，這麼一說，昨天那男人好像也提過？哼，所以才會和布蘭特扯上那種口角官司。」

話題終於轉到期望的方向，康貝爾雙眼一亮，傾身向前問道：

「那男人？昨天與布蘭特發生糾紛的，究竟是什麼人？」

新任英國陸軍上尉，理查德·帕克。

他就是與死去的布蘭特發生口角的人。

昨天下午，帕克上尉到任後首度現身萊佛士酒店的酒吧。就在他與包括湯姆森准將在內的幾名新加坡定居者喝酒時，談起有些敏感的話題。

帕克上尉突然向本地的企業家強烈訴求：「新加坡正面臨重大危機，希望你們爲軍方提供建設防線的人力。」

在場眾人起初只是笑，沒認眞理會。

利用十萬噸的巨大浮船塢，標準的海軍基地已完工。海岸線有配備炮臺的碉堡，外海則有兩艘英國海軍最新式的巨大船艦巡邏保護。

除此之外，究竟還需要什麼？

面對這譏誚的質問，帕克上尉憤憤回答：

日軍進攻新加坡，不見得會率艦隊從海上來襲。

最近，傳聞日本陸軍內部已成立間諜培訓機關。要是優秀的間諜混入新加坡，恐怕早將我方防衛設施的狀況打聽得一清二楚。他們應該不會從門戶森嚴的正面進攻，而是從等同不設防的背後摸索入侵管道，使出意想不到的手段。我們必須防備來自背後的攻擊，建設防線是當務之急，所以需要人手。日軍要進攻，有霧的十月至翌年三月是最佳選擇，時間緊迫。當前亟需英國人傾力相助，在此希望大家能爲祖國拋灑熱血，云云。

聽著帕克上尉的愛國演說，經營大型橡膠園的布蘭特率先露骨地面帶不悅。

「天啊，居然說什麼日本間諜！」

他唇角一撇，搖搖頭，低聲嘲諷。

受到歐洲爆發的戰爭與美國重整軍備的影響，橡膠及錫的價格急升。碼頭總是隨時停泊著多艘空船，船艙一滿就出航。在新加坡外海，還有進不了港的船隻在排隊。

對橡膠園經營者及錫礦業者而言，正是賺錢的好時機。

在這當口，要他們貢獻人力去建造**不必要的**防線，他們自然不可能默許這種荒唐的言論。

「新任上尉閣下，你搬出這種**子虛烏有的說法**，該不會只是想跟日本打仗，增加自己的功勳吧？」

辛辣的譏嘲當頭砸下。

身爲「和平主義者」的湯姆森准將，也站在布蘭特那方。

「『馬來半島是難以攻陷的天然要塞』，記得英國參謀本部確實是這麼評價的：『以日軍的裝備不可能突破馬來半島的雨林』。如果對手是納粹德國的戰車部隊或許另當別論，但裝備簡陋的日軍要沿著馬來半島攻入新加坡，根本是天方夜譚。」

聽到湯姆森的發言，定居新加坡的企業家，甚至領事館職員都一齊舉杯表示贊同。

「偷偷告訴你們，邱吉爾首相預估『在蘇聯敗給德國前，日軍不會採取下一步行動』。」

一名領事館職員接腔，得意地透露祕密情報。

帕克上尉完全遭到孤立。

形同受全場圍剿的帕克上尉，漸漸陷入沉默，最後臉色一變，倏然站起。

對著上尉走出酒吧的背影，剩下的人紛紛舉杯。

帶頭喊「乾杯」的，據說就是布蘭特。

5

與湯姆森准將在酒吧道別後，康貝爾踩著夢遊般的步伐前往大廳，找到放在柱子後方的藤椅，一屁股重重坐下。

一塵不染、粉刷得雪白的天花板上，大型風扇緩緩轉動。

康貝爾的目光隨著扇葉轉動，自問：

——不會吧，那種情況眞有可能嗎？

意思是說，**昨晚布蘭特並非被茱莉亞推開，失足墜樓而死**？

聽著湯姆森准將的敘述，康貝爾腦中浮現一種假設。

昨天深夜，在無人的萊佛士酒店中庭發生的命案經過，該不會跟警方與茱莉亞本人以爲的是兩回事？

比方，實情或許是這樣：

布蘭特深夜在面向中庭的二樓迴廊獨酌。

這時茱莉亞經過，喝醉的布蘭特出於惡作劇的心態拽住茱莉亞的手臂，被她甩開——

茱莉亞也這麼供稱，到此爲止應該不會錯。

但另一方面，仔細想想，根本沒有茱莉亞的行爲直接導致布蘭特墜樓身亡的證據。

如果布蘭特並非遭茱莉亞甩開才**墜樓**呢？

再如果，帕克上尉湊巧目擊那一幕呢？

從湯姆森准將的話聽來，布蘭特平日嘴巴就很壞，喝醉後又遭人撞見自己出醜，該不會惱羞成怒對帕克上尉惡言相向？說不定是帕克上尉主動走近布蘭特，拿出英國人骨子裡的正經態度，勸阻布蘭特惡意嚇唬年輕女性。

加上白天在酒吧的爭論。

兩個男人因口角扭打成一團，喝醉的布蘭特被擊倒，或是腳下一滑摔倒，不巧把脖子撞斷了？

帕克上尉發現布蘭特死亡，大驚失色，情急下連忙進行偽裝工作。換句話說，他將布蘭特的屍體移至中庭的樹叢，裝成酒醉失足摔出二樓欄杆，意外喪命的樣子。果眞如此——

康貝爾輕輕吐出一直憋著的氣，微微搖頭。

一切不過是推測。

在旁人眼中，這僅僅是無法接受現實的康貝爾的妄想吧。

縱使告訴警方，現階段也只會被一笑置之。即便是這樣——

若有萬分之一的機率能證明戀人的清白，他就有義務相信。

康貝爾張開雙手，用力拍打臉頰兩、三下。

陷入絕望前，還有他能做的事。

或許能挽回失去的樂園。

光是這麼想，世界似乎已與剛才截然不同，變得燦爛輝煌。

康貝爾猛然自藤椅起身。

6

當天傍晚，康貝爾造訪英國陸軍上尉理查德．帕克在萊佛士酒店的住房。

那是彎過二樓走廊轉角的最後一間房。

在櫃檯人員告知的房門前駐足，康貝爾用力深呼吸。

——茱莉亞的命運就看這隻手了。

這麼一想，他緊張得雙腿幾乎要發抖。

他下定決心，舉起手敲門。

「帕克上尉，請開門。關於昨晚過世的布蘭特，我有話想和你說。」

房裡傳來某人走動的聲響，稍等片刻，門自內側打開一條縫。

門縫中，露出半張異常憔悴的男人臉孔。

亞麻色的頭髮亂七八糟，平常應該刮得很乾淨的鬍碴覆滿瘦長的俊秀面龐，青灰色的眼睛下方有濃重的黑眼圈。

「誰？」

帕克上尉瞇起眼問。

「我是麥可．康貝爾，美國領事館的武官。」

康貝爾自我介紹後，慌忙補充：

「不過，今天我是以涉嫌殺害布蘭特而遭到逮捕的茱莉亞．奧森的未婚夫身分前來拜訪。」

聽到茱莉亞的名字，帕克上尉受到驚嚇般肩膀一抖，旋即面無表情，虛弱地搖頭。

「抱歉，請你明天再來好嗎？我現在不方便，有點事要忙……」

康貝爾的鞋尖迅速卡進就要關上的門縫。

………？

帕克上尉困惑地抬起眼。康貝爾不管三七二十一，硬是扭身鑽進門縫，闖入房內。

「你到底想幹什麼！」

帕克上尉憤憤高喊。

「立刻離開，要不然，小心我叫印度門房把你拎出去！」

帕克上尉抓起床畔的電話，康貝爾輕輕聳肩。

「請便。不過，一旦鬧開，有麻煩的恐怕是閣下吧。」

說著，康貝爾迅速環顧四周。

寢室的床單不見一絲皺褶。

帕克上尉昨天果然徹夜未眠。

但是，這究竟是何緣故？爲了什麼？他做了什麼？

康貝爾很快就找到答案。

書桌上的打字機周圍凌亂擺著大量文件……

「你想怎樣？」

不出所料，帕克上尉先妥協。雖仍滿臉詫異，他已放開電話。

「接下來，我想說一個推論。」

康貝爾應道。

「關於這個推論，帕克上尉，我希望聽聽你的意見。如果有錯，我保證馬上離開。」

帕克上尉轉過頭，瞥向書桌。而後，他仰望天花板，像是放棄般閉上眼，隨即又睜眼，挑釁地回答：

「好，你就說說那個所謂的推論吧。」

帕克上尉站在原地，專注傾聽攸關布蘭特之死的推論。

偽裝工作。

康貝爾吐出這個字眼的瞬間，他僅僅不悅地蹙眉。

全部說完，康貝爾再度直視帕克上尉。

「帕克上尉，你大概無意把罪責推給茱莉亞，但**就結果而言**，茱莉亞認定昨晚布蘭特的死亡是她的錯。因爲她甩開黑暗中伸來的那隻手，導致布蘭特重心不穩，自二樓摔落死亡——她如此深信。這樣下去，茱莉亞將因殺人或過失致死的罪名被送進監獄，在設備惡劣的樟宜監獄待一至三年。」

康貝爾絕望地皺起臉。

「拜託，帕克上尉，請救救她。昨晚到底發生什麼事，只要你肯說出眞相，茱莉亞就能得救！」

語畢，他定睛窺探對方的反應。

帕克上尉憔悴凹陷的眼窩深處，青灰色的瞳眸游移，流露一絲猶豫。他瞥向書桌，重新面對康貝爾，臉上再無遲疑。

「身爲英國軍人，我有應盡的義務。」

帕克上尉斬釘截鐵地開口。

——樂園痴。那是在新加坡生活的英國人眞面目。

帕克上尉撇下嘴角，接著低語：

「我們與日本不可能發生戰爭。」

以新加坡的施政者爲首，軍方高層平日也毫不忌憚如此斷言。

對於歐洲爆發的戰爭，他們僅僅抱持隔岸觀火的態度。然而，他們的戰爭觀完全與時代脫節。在預定的海域，雙方艦隊正面衝突，憑使用的火藥和炮彈數量決勝——如今已不是那種時代。在局部地區運用飛機及戰車進行閃電戰後，國家與國家之間，全體國民奮戰至最後一人的國家總體戰，才是此時此刻在歐洲進行的「新戰爭」。

我們接獲情報，日本間諜組織「D機關」早就潛入新加坡活動。倘若看穿我方無力應付戰車（優秀的間諜想必已發現），他們肯定不會從海上來襲，而是找出從我們背後的馬來半島進攻的方法。並且，恐怕會選在多霧的十月至翌年三月行動，時間相當緊迫。在新加坡的我方英軍，尤其是諜報戰方面，徹底落後日本。我不得不緊急彙整預計提交給倫敦的報告。比起巨大戰艦，最新銳的戰鬥機才是新加坡必要的防衛配備。向母國傳達這項軍事危機，是我身爲軍人的職責。事態嚴重，分秒必爭。直到完成報告書，無論如何我都不能離開桌前——

帕克上尉淡淡說完，目光垂落地板，緊咬著嘴唇。

康貝爾難以置信，不禁提出質疑：

「請等一下。身爲軍人的職責？這究竟是什麼意思？帕克上尉，該不會是指你必須盡軍人的職責所以不能道出眞相？」

帕克上尉沒直接回答，抬起頭，定睛注視康貝爾。數秒後，他開口：

「從昨天傍晚我就沒踏出房間一步，也沒和任何人見面。當然，包括死去的布蘭特。」

他語調平板，判若兩人。

「你的推論不過是一種猜測。說穿了，只是你一廂情願渴望的現實。我能理解你想救女友的心情，但沒有明確的證據就要我頂罪，顯然是找錯對象。談話到此結束。好了，按照約定，請馬上離開。」

他抬起手，指向房門。

康貝爾頹然垂首，搖搖頭。

——**最後的機會已喪失**。

康貝爾盯著地面，喃喃問道：

「……帕克上尉，你剛剛說『從昨天傍晚就沒踏出房間一步』，對吧？」

「嗯，沒錯。所以你的推論不成立。按照約定，快離開吧。」

康貝爾抬起頭，沒起身離開，反而從口袋取出一支以手帕包裹的鋼筆。

「你見過這支鋼筆嗎？」

帕克上尉困惑地瞇起眼。

「看樣子，好像是我的鋼筆。我在房間遍尋不著，正覺得奇怪。你究竟是在哪裡找到的……」

說到一半，他大驚失色。

「難不成……？」

「掉在中庭。」

康貝爾點點頭。

「如你所知，中庭栽種著許多南洋植物。這支鋼筆夾在角落的扇芭蕉大片樹葉之間，附帶一提，就是昨晚飯店管家發現布蘭特陳屍處的旁邊。」

康貝爾坐在大廳的藤椅檢驗自己的推論後，立刻去中庭徹底搜查一番。推論成立的前提，是昨晚帕克上尉在命案現場。那是否屬實？就算是事實，也必須有證據證明。

在熱帶強烈的陽光下，康貝爾汗流浹背，不理會周遭驚詫的視線，在中庭爬來爬去。他是名副其實地寸寸翻土，但基本上該找什麼，不，連會有什麼都不確定。拚命找半天，幾乎要放棄時，視野一隅微微發亮。就在扇芭蕉——別名旅人蕉的巨大南洋植物葉片之間，那顯然與水滴反射的陽光不同。康貝爾用力嚥下嘴裡的最後一口唾液，探進扇芭蕉的葉片之間，終於找到能夠挽回樂園的小小鑰匙。

「不管怎樣，謝謝你幫我找回來。」

見帕克上尉伸出手，康貝爾立刻將鋼筆拿遠。

「還給你前，我想請教幾個問題。」

康貝爾提出要求。

「從昨天傍晚就一步也沒踏出房間的你，爲何會將鋼筆遺落在中庭，能不能解釋一下？」

帕克上尉放下手，聳肩回答：

「就算不是昨晚，也有很多機會去中庭，大概是更早以前遺落的吧。」

「那是不可能的。」

康貝爾搖頭。

「日落後，馬來籍的工作人員會徹底打掃萊佛士酒店的中庭，所以隔天早上才會一塵不染。我已向他們確認，昨天日落時分的中庭沒有這樣的東西。他們每天會盡責地完成工作，不可能沒看見。當然，扇芭蕉的葉片之間也全部檢查過。」

帕克上尉緊皺眉頭，復又開口：

「是嗎？那一定是別人撿到我的鋼筆。不是在大廳，就是在附近吧。然後，對方昨晚去中庭時，不小心遺落我的鋼筆……」

「那也不可能。」

康貝爾再次搖頭。

「不可能是其他人遺落的。因爲這支鋼筆上……聽好，帕克上尉，**只有你一個人的指紋**。」

「指紋？你是說驗過指紋？難不成……」

帕克上尉瞪大雙眼，目光移向康貝爾背後的門。

「你剛才已**失去**告白罪行的**最後機會**。」

康貝爾語氣嚴厲。

「你堅稱從昨天傍晚就沒踏出房間一步，反倒證明你在說謊。對，查驗鋼筆上指紋的警察在走廊待命。他們從頭聽到尾，想必很想知道你說謊的理由吧。」

康貝爾一離開門口，在走廊待命的數名制服員警立刻衝進來。

在康貝爾的冷眼注視下，兩名警察架住茫然的帕克上尉雙臂，催促他走出房間。

7

一小時後——

面向南橋大路的英國海峽殖民地新加坡中央警署接待大廳裡，康貝爾坐在長椅上，迫不及待地等候戀人獲釋。

康貝爾趁白天仔細搜查中庭，在扇芭蕉的葉片之間發現新加坡警察疏忽的證物——一支鋼筆。於是，他立刻封鎖現場，請警察來回收鋼筆，詳加調查。

鋼筆表面驗出帕克上尉的指紋，而且只有他一個人的指紋。當時，康貝爾確信自己的推論無誤。

可是，要出動警方，還卡著一個大問題。

那就是帕克上尉將鋼筆遺留在案發現場的時間。

布蘭特的死亡推定時刻，帕克上尉正好在現場。

要讓警方認同這個事實，必須取得帕克上尉的自白。

康貝爾找到承辦此案的刑警，述說他的推論，並主動提議。

接下來，由他去拜訪帕克上尉。請承辦刑警帶幾名制服警察一同前往，在門外監聽他們的談話。既然已掌握附著指紋的鋼筆，一旦帕克上尉有「昨晚一次也沒接近命案現場」之類的發言，等於是在撒謊。屆時，希望警方能夠追查帕克上尉撒謊的緣由。

康貝爾必須從帕克上尉口中引出「昨晚根本沒接近命案現場」的話語，也就是說，務必要讓他**一口否認**身在命案現場的事實。

來到飯店客房前，他停下腳步。

——茱莉亞的命運全看這隻手了。

這就是他緊張得雙腿止不住要發抖的原因。

康貝爾回想著，輕輕吐出一口氣。

他總算成功了。

被迫與康貝爾對決的帕克上尉，脫口說出「昨晚一步也沒踏出房間」，證明自己在撒謊。

剛才在接待櫃檯露面的承辦刑警，附耳告訴康貝爾偵訊的情況。

起初，帕克上尉矢口否認，堅稱昨晚沒離開房間，一直忙著撰寫要送回母國的報告書。然而，當警方拿出鋼筆這項證物，追究他撒謊的理由時，他神情憔悴地沉默片刻，突然像繃緊的線一下切斷般和盤托出。

昨晚，帕克上尉趁寫報告的空檔到中庭透氣，二樓迴廊有人喊住他。正確時間不記得，但中庭早已熄燈，四下一片漆黑。只見布蘭特走下樓，來到中庭後，又翻起白天在酒吧爭執的舊帳，直指帕克上尉的想法太可笑，糾纏不放，甚至打算拿錢收買他。「要錢的話我給你，趕快滾出新加坡。」原本就因寫報告疲憊不堪的帕克上尉，不禁勃然大怒，以激烈的言詞反擊。不料，布蘭特突然撲過來。雙方扭成一團，布蘭特猝然被推倒在茂密的熱帶植物深處、巨大扇芭蕉根部上，不知為何，一直沒爬起。帕克上尉頓生疑慮，凝神注視黑暗，發現布蘭特的脖子彎成奇妙的角度。帕克上尉慌張地跪在布蘭特身旁，抓起他的手腕，卻摸不到脈搏。布蘭特死了。心神大亂的帕克上尉留下布蘭特，匆匆跑回房間——

「天亮後，布蘭特的屍體被人發現，我就會遭到逮捕。那也沒辦法，但不管怎樣，我都得完成報告書。」

帕克上尉說著，萬念俱灰地搖頭。

聽完承辦員警的轉述，康貝爾暗自錯愕。

命案發生的經過，幾乎和康貝爾的推論一模一樣。不同之處，在於口角的導火線並非茱莉亞。還有，帕克上尉並未故布疑陣，將布蘭特的死偽裝成意外。

「到了早上，他聽聞茱莉亞‧奧森小姐自首，承認涉嫌殺害布蘭特。雖然不曉得她為何那樣做，但他想到有時間完成報告，確實鬆一口氣。他打算送出報告後，便出面澄清眞相，絕非故意讓她揹黑鍋。」

據說帕克上尉如此供稱，不過眞假存疑。

於是，茱莉亞洗清嫌疑。

到頭來，茱莉亞根本是爲了沒犯下的殺人罪行苦惱、自首。

辦妥取消羈押的手續，便可無罪獲釋，現在就等著她被放出來。

那項手續意外耗時。

康貝爾著急地等待裡面那扇門開啓，戀人露面。緩緩流逝的每一秒都讓他心焦。另一方面，想到自己親手挽回樂園，他胸口充滿驕傲——

「叔叔，你在笑什麼？」

隱約聽見有人出聲，康貝爾驀然回神。只見一名五、六歲的孩童站在旁邊，一臉不可思議地盯著康貝爾。

康貝爾不由得臉泛紅潮。看來他似乎不知不覺在傻笑。

「有點好事發生，所以叔叔才笑。」

哦……那孩童應著，突然朝康貝爾伸出左手。

「叔叔，幫我把脈。」

不曉得從哪裡學來的，孩童這麼要求。

「我看看。」康貝爾苦笑著拉過孩童的手，不禁愣住。

不管怎麼摸索，都感覺不到孩童腕間的脈搏。

但是，這怎麼可能——

孩童甩開康貝爾的手，咯咯大笑著拔腿逃跑，途中有東西掉落。那是個小小的圓球，在大廳地板高高彈起，到處亂滾。孩童連忙撿起，跑回大廳另一頭，似乎同樣等得不耐煩的母親身邊。孩童拽著母親的胳臂，引起母親的注意，得意洋洋地不知在說什麼。孩童握住小小的圓球，指向康貝爾。

母親抬起眼，滿臉抱歉地朝康貝爾行一禮。

康貝爾舉起一隻手，表示毫不介意。

看來這是個惡作劇，他完全上當了。

惡作劇的道具，是橡膠樹液凝固製成的「橡膠球」。馬來西亞、新加坡是橡膠與錫的產地，橡膠球隨處可見，極爲普遍。

「幫我把脈。」

孩童伸出左手時，把橡膠球用力夾在腋下，短暫阻礙血流，所以再怎麼摸也摸不到脈搏。

康貝爾苦笑著，忽然感到不太對勁。頭暈眼花的一整天下來，聽到的某些字句毫無脈絡地浮現腦海。

暴發戶布蘭特。討厭簽名。裝死。胡鬧也該有個限度。準備迎戰從半島來襲的敵人。希望能夠免費提供建築要塞的人手。現在正是橡膠與錫賺錢的好時機。新任上尉閣下不會是想藉由跟日本打仗增加功勳吧……

種種話語的斷片如拼圖般一一嵌合。

裝死。

陡然間，他彷彿遭受重擊。

湯姆森准將曾批評死去的布蘭特：

「每次要簽帳單時他就會裝死。不是裝睡，是**裝死**。胡鬧也該有個限度。」

布蘭特經營橡膠園，難不成遇上得簽名的情況，他就把橡膠球夾在腋下「裝死」？當然，在認識他的人眼中，那不過是等同兒戲的胡鬧。但是，新任的英國陸軍上尉理查德．帕克，昨天中午第一次在萊佛士酒店的酒吧露面，很可能不清楚這一點。果眞如此——

「我忙著寫報告，不曉得正確時間。」

據說帕克上尉這麼供稱。

搞不好，**順序應該顚倒過來**？

日落後，布蘭特在可俯瞰中庭的二樓迴廊獨酌，發現帕克上尉來到中庭，於是靈機一動，想到一個惡作劇。布蘭特喊住帕克上尉，翻起白天爭執的舊帳，故意找架吵。他主動糾纏上尉，看準時機誇張倒地，把脖子彎成怪異的角度，再將橡膠球用力夾在腋下，讓對方摸不到脈搏，表演最拿手的「裝死」。果然，不知布蘭特惡習的帕克上尉，以爲是自己殺害布蘭特，不禁臉色大變，逃離現場。

接著，布蘭特慢條斯理地起身，返回二樓迴廊柱子後方不顯眼處獨酌。他想偷窺帕克上尉逃回房間的慌亂模樣，好好嘲笑一番。不料，帕克上尉遲遲沒出現，此時茱莉亞經過——

布蘭特從柱子後方不聲不響地拽住茱莉亞，大概是不希望隨時會回來的帕克上尉聽到「應該已經死亡」的自己話聲。或者，布蘭特原打算邀茱莉亞一起欣賞狼狽的帕克上尉取樂。可是，突然遭黑暗中伸出的手拽住胳臂，茱莉亞驚恐地甩開那隻手逃走。以不穩姿勢坐在欄杆上的布蘭特，失去重心自二樓摔落，眞的折斷頸骨喪命……

這麼想也許最自然？

不，現下仔細思索，平常他早該如此推斷。可是，爲何偏偏當時會做出那種推論？

康貝爾今天一整天感到的不對勁，終於浮現明確的輪廓。

那真的是他想出來的推論嗎？

英屬新加坡美國領事館的武官，說穿了是個閒差。

選拔標準是外表體面，身段柔軟。

這種基本認知，不用別人提醒康貝爾也很清楚。如此評價自己有點怪，但他絕非頭腦明晰、聞一知十的類型。

就算是爲了救戀人，必須找出連警方都沒注意到的證物，與「眞凶」對決，引誘對方自白，但他眞的辦得到嗎？

冷靜想想，白天湯姆森准將告訴他的是極爲普通、尋常的內容。若是平日的康貝爾，根本不可能從那樣細微的線索看透布蘭特命案的眞相，甚至是帕克上尉的故布疑陣。

爲何他今天的表現判若兩人？

——該不會是受到誰的操縱吧？

想到這裡，康貝爾背脊一寒，不禁左右張望。

可是，究竟會是誰？

康貝爾的腦中一隅，浮現一幕情景。

吧檯遞來的玻璃酒杯。令人聯想到新加坡夕陽的豔紅雞尾酒，表面微微起泡。雞尾酒的名稱是——

新加坡司令。

那時，酒保向康貝爾搭話，推薦他數杯新調製的雞尾酒，希望聽聽他的意見。可是——

對新調製雞尾酒的意見？

眞是這樣嗎？

「最好從根本上重新檢討想法……不合……像在打架……多嘗試南國水果……太突出會搞砸一切……巧妙隱藏……時機很重要……乾脆把順序顚倒過來如何……」

當下，他以爲是憑著自身的意志給予建議。然而，如今回想，莫名有種奇妙的感覺，他似乎是受到高明的引導才會說出那些話。

腦海浮現另一幕情景。

酒保擦拭著銀色錫製酒杯，並高舉仔細檢查表面有無殘存汙垢，**彷彿在檢查指紋**。唯有這一幕顯得特別刻意，在他心裡留下印象。

然而，怎麼可能？眞的會有那種事嗎？

在酒保的催促下，康貝爾品嚐雞尾酒、發表感想，又因酒保不經意的動作，無意識地串聯起後續和湯姆森准將的談話，**最後得出那個推論**……？

對於命案「從根本上重新審視想法」，把時間的「順序顚倒過來」。由於「調性不合」與某人「打架」。命案浮出檯面「會搞砸一切」，所以遭到「巧妙隱藏」。隱蔽工作。「多嘗試南國水果」。中庭的南洋植物之間。檢查在那裡找到的鋼筆上面的指紋——那暗示著之後康貝爾的所有行動。

不，不僅如此。

康貝爾想起一件事，忍不住嚥下口水。

新加坡司令（Singapore Sling）。

當時，不知爲何，酒保不厭其煩地提及新調製的雞尾酒名稱。

自德語的「喝下」（schlingen）變化而來的sling，在英文有「吊掛」的意思。布蘭特其實**不是墜樓**。康貝爾會開始這麼想，是因那個被人在耳畔反覆提起的字眼，成爲推論最根本的前提——

但是，究竟是爲什麼？他有何企圖？

只要一喝酒，大家都會變得特別饒舌。

耳朵深處再度響起酒保的話。

倘若外表看似中國人的酒保，其實是日本人——名爲「D機關」的日軍間諜組織一員呢？

萊佛士酒店的酒吧是最適合蒐集情報的場所。聚集在酒吧的英國人都以爲「日本人無法進入」，不經意洩漏機密情報的情況也不少。

一切都說得通，只是——

那個酒保是日本間諜？

康貝爾實在難以置信，他試著回憶白天見過的酒保臉孔。

不管怎麼想，都想不起對方的長相。一身飯店服務生統一的白制服，打著黑領結。到此爲止還有印象，奇怪的是唯有臉孔一片空白。即使再次見面，他也沒把握能斷言是同一人。

沒有臉孔的無名男子。

那會是日軍間諜組織「D機關」派來的諜報員嗎？

沒有任何證據，一切都是康貝爾的想像。

不過，如果那個酒保眞是日軍派來的間諜——

康貝爾突然察覺此一事實背後的恐怖可能性，不禁一陣茫然。

號稱「東方之珠」或「神祕樂園」的英屬新加坡白人社會中，莫非僅有帕克上尉看透世界的原貌？

住在新加坡的白人，全沉醉在夢境般的美景與眼前的和平幻影，深信這是座永恆的樂園。要是一切只是錯覺呢？實際上，此刻覬覦南方的日軍已逐步進行侵略計畫。假使新加坡的危機迫在眉睫……

帕克上尉是迷戀樂園的新加坡白人社會中，唯一正確掌握狀況的人。在日本間諜眼裡，帕克上尉是個絆腳石。或者，不擇手段阻止上尉向母國建議「配備最新銳的戰鬥機」才是他的目的，正想找機會鏟除上尉之際，酒店內湊巧發生意外。日本間諜決定善加利用，但並未親自出面，而是藉由操縱一心拯救戀人的單純美國青年鏟除帕克上尉。果眞是這樣——

帕克上尉聲稱，他不記得成爲證物的鋼筆遺落何處。

鋼筆上只有帕克上尉的指紋，正因如此，才足以讓警方出動。可是，唯獨鋼筆主人的指紋清楚留下，未免太剛好了吧？

「留在光滑金屬表面的指紋，用生橡膠便可輕易轉印下來。」

先前似乎在哪裡聽過這種說法。

若是那個酒保，不費吹灰之力就能弄到帕克上尉的指紋。

將沾附錫杯表面的指紋轉印下來後，可用在任何場所。說不定，是他悄悄偷出帕克上尉的鋼筆，清除別人的指紋，獨留上尉的指紋再放到那個地方？爲了讓康貝爾發現……

此時，裡面的房門毫無預兆地打開，茱莉亞的身影出現。

她惶惶不安地張望四周。

看到不由自主從長椅彈起的康貝爾，茱莉亞的臉龐一亮。

那一瞬間，除了茱莉亞，其餘思緒都消失在康貝爾腦中。

張開雙手迎接小跑步奔來的戀人，康貝爾下定決心。

要是茱莉亞會再度承受懷疑的目光，他絕不能告訴任何人眞相。

哪怕，那是惡魔的誘惑。

哪怕，他將因愛情失去這座樂園。

康貝爾緊緊摟住撲進懷裡的美麗戀人，然後，在甜美的芳香中遺忘一切。

追跡

1

怎麼會變成這樣？

英國《泰晤士報》遠東（註）特派員阿龍．普萊斯一臉茫然，感覺在耳邊吼叫的日語異常遙遠。

他放在桌上的雙手，戴著堅固的鋼鐵手銬。

爲什麼？爲什麼會這樣……到底是哪裡出錯？

沒有答案的疑問，從剛才就一直在他腦中盤旋。

忽然間，一股涼風拂過臉頰，他抬起頭。

令人目眩的藍天映入眼簾。

——對了……現在已是夏天。

普萊斯愣愣想著，而後漠然望向可能是他離開房間的唯一出口。

憲兵隊本部，頂樓的偵訊室。

大大敞開的**五樓窗子**，傳來吵得惱人的蟬鳴——

2

普萊斯初次聽到那個傳言，是在能夠眺望橫濱港的「瓦斯燈」酒吧。

隨著日英關係惡化，日本國民之間的反英情緒日漸高漲，在酒館也會遭人挑釁，無法安心喝酒。唯有在旅日英國人經營的這間站立式酒吧，可放鬆戒備大醉一場。

傳言是這麼說的：

「數年前，日本陸軍內部祕密成立間諜培訓機關。該機關出身的優秀日本間諜，最近在國內外極爲活躍。」

起初，普萊斯嗤之以鼻，不當回事。

注重武士道精神的日本軍隊，素來將間諜活動當成「卑怯低劣的行爲」。尤其在帝國陸軍中，這種傾向更強烈，視間諜爲「骯髒的工作」、「汙辱皇軍之名」，忌恨有加。以前普萊斯採訪陸軍某位大人物時，曾迂迴地提起此一話題，「間諜？那些傢伙就是喜歡偷窺的色情狂！」對方簡直像看到髒東西般不屑道。

在那樣的民族精神與風土文化中，即使成立培訓機關，也不可能培養出「優秀的間

註：以歐洲爲中心的地理概念，指中、日、朝鮮半島、西伯利亞東部地區。

諜」——

見普萊斯挑起單邊眉毛，露出冷笑，對方氣惱不已。

「我不是在開玩笑。」

龍蛇混雜的店內，昏暗吧檯的最深處，駐日英國大使館的事務員修．莫里森，忌憚周遭目光似地縮著肩膀與普萊斯喝酒。此人頗具語言天分，專門負責翻譯大使館的日語文件。

「偷偷告訴你一件事，你可別說出去……」

聽著莫里森壓低音量敘述的內容，普萊斯不禁蹙眉。

之前，莫里森偶然看到母國寄至大使館的機要文件上，寫著「嚴密注意日本間諜」及「蒐集該神祕機關相關情報」的指令。

「據說，那所培訓機關集合**非軍方人士**，也就是東京與京都的帝國大學，或是外國大學畢業的優秀青年，讓他們接受間諜教育。實際上，現在世界各地的英國殖民地，甚至英國本國，都疑似因他們的活動造成情報外洩。」

普萊斯瞇起眼，細細思索莫里森的話。雖然有點難以置信，但要是這個情報正確——

他搖搖頭，嘆口氣，向莫里森道謝後，在吧檯下悄悄塞錢給對方便離開酒吧。

普萊斯回到夜半無人的事務所，深深窩進椅背。他叼著菸點火，以目光追逐冉冉升起的煙。

那種事眞有可能嗎？

普萊斯仍舊半信半疑。

一如官僚組織的常態，日本陸軍也有重視「純血」的傾向。最好的例子，就是組織內部的人事。掌握人事的陸軍省人事局補任課，傳統上從課長到課員，全是從幼校「土生土長」的軍官。簡而言之，唯有從陸軍幼校到陸軍士校，乃至陸軍大學，一路以優秀成績畢業的人，才能在組織中出人頭地，大展身手。

反過來說，再怎麼優秀，只要是非幼校出身的「中途參加組」，往後的升遷必會受到差別待遇。

他們理所當然地蔑稱非軍方人士爲「地方人」。

在那種氛圍下，而且是在厭惡間諜行爲的陸軍組織中，集合一般大學的畢業生——在陸軍內部幾乎被視爲「異教徒」的人，成立間諜培訓機關，並交出具體成果？那種不可能的任務眞有辦法達成？

嘴角叼著菸，普萊斯的視線移回桌上攤開的便條紙。

結城中校？

雪白的便條紙中央，加上問號簡短寫著。

據說，他就是憑一己之力，在日本帝國陸軍內部成立間諜培訓機關，統領異類間諜們的間諜首腦。

——有意思。

普萊斯冷冷一笑，在菸灰缸摁熄變短的菸。

來追查達成不可能任務的謎樣男子——結城中校的過去吧。

在英國《泰晤士報》遠東特派員阿龍．普萊斯眼裡，這是個極具魅力的採訪主題。

3

普萊斯旅日十年。

現年五十六歲。

日本恐怕是他最後一個工作地點。

來日本之前，他曾在孟買及香港等英屬亞洲殖民地擔任記者。十年前，由神戶港初次踏上日本的土地。

普萊斯立刻就爲這個美麗的國家著迷。

活力四射卻猥雜、混沌、旁若無人的亞洲氛圍，多少令他有些退避三舍。打掃得一塵不染的乾淨街道、一絲不苟的親切人們、溫和的笑容，日本以及日本人的特徵，對他來說簡直猶如上帝恩賜的神奇食物嗎哪（Manna）。

普萊斯寫出一篇篇善意介紹日本的報導送回母國，內容涵蓋櫻花、藝妓、富士山、廟會、煙火、獅子舞、菊人偶，刊登在報紙上，頗受好評。「日本通」，不知不覺間，旅日外國記者爲他冠上這樣的頭銜。普萊斯拚命學習艱深難懂的日語，現下甚至能以漢字「阿龍」簽名。

回顧過往，普萊斯的臉色驟變。

如今，日本的氛圍與當初大不相同。

剛到日本時，身穿軍裝的政治家們還沒這麼囂張地拓展勢力。近幾年，隨著針對政治家及財經人士的恐怖攻擊頻傳，思想言論的取締也益發嚴格。

旅日外國記者全受到政府的監視，報導皆須經過審查，若是牽涉天皇與皇族，別說是侮辱性言詞，開個小玩笑都不可能。這種取締沒有明確的準則，從維多利亞時代的古老自由主義到最先進的無政府主義，無處不是刪改的對象。

外國記者中，撂下一句「這種情況哪寫得出像樣的報導」，憤而離開日本的不在少數。

然而，普萊斯與幾名外國記者，仍堅持留在這個國家。

要是他不留，還有誰會留下？

普萊斯認爲，**正因是這種狀況**才該在日本盡點心力。畢竟有些事，唯有愛日本、深知日本的自己辦得到。他如此相信。

憑一人之力，在大日本帝國陸軍內部成立另類間諜組織的男子——

「結城中校」究竟是何方神聖？隸屬哪個部隊？說起來，他的全名叫什麼？

著手採訪後，普萊斯立時撞上難以突破的障礙。

打一開始，他就沒想過能夠直接接觸或採訪結城中校。

對方是現任間諜首腦，自然不可能接受來自**敵國**的英國記者訪問。站在普萊斯的立場，他原本的打算是：

——交叉比對認識結城中校的人們證詞，側面勾勒出他的個人生平。

不料，不管怎麼打聽，都找不到實際「認識」結城中校的人。「傳聞倒是聽過，可是，不曉得他是怎樣的人物。」眾人異口同聲，而且多半是不悅地皺眉如此回答。

普萊斯暗自納悶。

結城中校宛如幽靈，從不輕易現身，四處活動卻沒留下蛛絲馬跡——只能這麼推斷。但是，現實中可能發生這種情況嗎？

無論哪個國家都一樣，軍隊本質上是極端官僚主義，換句話說，就是擁有作為公家機關的一面。舉個具體的例子，辦理事務手續必須以書面文件進行，而且必定會歸檔保存。只要查閱歸檔的文件，便能追溯任何隸屬軍隊的人的活動經歷——

倏地，普萊斯想到一個主意，忍不住竊笑。

既然沒人認識現在的結城中校，就從他的過去入手。既然隸屬軍隊，回溯文件便能查明他的過去。

當然，身爲外國記者，普萊斯不能隨便調閱陸軍內部保管的軍人檔案，不過，也有能夠查閱的資料，像是陸軍幼校、陸軍士校的校友名冊。非官方製作的名冊，不可能被指定爲機密，尋得適當的管道，付出相應的金額，便能輕鬆弄到影本。

普萊斯根據傳言，推測出結城中校大約的年齡，及自陸軍幼校、士校的畢業年度，取得那幾年的校友名冊。大批同期生中難免會有口風不緊的人，或者，可設法搭上中途退學放棄軍旅生涯的人。日本有句俗諺「吃同一鍋飯」，大意是說「一起生活的人會變成親密夥伴」。想知道對方是什麼樣的人物，去問「吃同一鍋飯的人」，也就是與結城中校在陸軍幼校或士校關係親密的人，應該多少能獲得一些線索。

這是「日本通」普萊斯絞盡腦汁想到的進攻方式，然而——

不管怎麼找，都找不到符合的人物。

基本上，名冊上根本沒有「結城」這個姓氏。爲防萬一，他又擴大目標對象的畢業年度，依然是白費力氣。

怎麼會這樣？

普萊斯叼著菸點火，微微皺起臉。

眼前是傳統的日式低矮書桌，他盤腿坐在榻榻米上。這是普萊斯家的書房。

面對桌上攤開的文件，普萊斯交抱雙臂沉思。

他試著在腦袋裡重新爬梳情報。

現今，不僅是英屬殖民地，英國本土也有機密情資外洩的疑慮。調查結果發現，與日本帝國陸軍內部聚集「地方人」的間諜培訓機關相關。憑一己之力創立組織，統領一群不習慣軍隊組織理論的間諜。此人就是結城中校——

想到這裡，普萊斯不禁蹙眉。

「結城」肯定是日本帝國陸軍內的人物。

民間人士的報告——哪怕是多麼有意義的情報，軍方都不會放在眼裡。爲了靈活運用潛伏各國的優秀間諜掌握的情報，身爲間諜首腦的結城必須隸屬大日本帝國陸軍，而且是校級以上的高級軍官，這是絕對條件。日本軍隊中，非陸士、陸大畢業的軍官聞所未聞。

那麼，爲何在陸士、陸大的校友名冊上找不到「結城」？

謎團不僅僅如此。

調查過程中，普萊斯注意到結城中校設立的間諜培訓機關通稱「D機關」。

爲何是「D」？

目光追逐著冉冉吐出的煙，普萊斯任思緒自由伸展。

那個稱呼應該具有特殊意義。

因應其性質，各國間諜機關的正式名稱，多半帶有「祕密情報」與「軍事情報」，或是戰略、國防、保安、作戰、教育、培訓、諜報之類的字眼。然而，不只是日文，替換成英文、德文、法文等世界主要語言，也都不符合縮寫「D」。那麼，爲何通稱「D」？

普萊斯的腦海一隅，驀地浮現調查過程中偶然聽到的單字。

魔王。

據說，結城別名「魔王」，深受周遭的人敬畏。

這類機關的名稱通常取自創立者的姓名或綽號，「D」會是結城的別名——daemon，或dangerous、darkness的英文縮寫嗎？

普萊斯百思不解。

每一個都好像不夠貼切。

沒有明確的根據，但依長年在異國當記者的直覺，他認爲「D」這個通稱另有來由……

「嗨，老公。親愛的，現在方便打擾一下嗎？」

背後響起話聲，普萊斯轉身一看，妻子艾倫微微偏著頭站在房門口。

妻子是比利時人，今年二十九歲，就白人的標準算是身材嬌小。普萊斯對在日本的百貨公司當販售模特兒的艾倫一見鍾情，展開霸道的追求攻勢，終於在一年半前結婚。由於年紀相差許多，普萊斯在婚後也很寵愛妻子。

平日工作時受到干擾，普萊斯會很不高興，唯獨對艾倫例外。

他莞爾一笑，溫柔地招招手。艾倫來到他身邊，屈起修長的雙腿坐在榻榻米上。

「以前很照顧我們的棚橋先生，寄來寫著『已遷居SANJUU』的明信片……那是什麼意思？」

已遷居SANJUU？

他瞥向妻子放在桌上的明信片，噗哧一笑。

「艾倫，棚橋先生不是『已遷居SANJUU』，而是已遷居至三重（MIE）這個地方——要這樣唸才對。」

普萊斯指出是唸法錯誤，艾倫一臉不服。爲什麼不是唸SANJUU，要唸成MIE？你怎麼知道？枉費我辛苦學了漢字也派不上用場。她說著，雙頰氣得鼓鼓的。他這才想到，幾天前剛教過妻子「二重」（NIJUU）的漢字意義與讀音。

「日本的漢字通常不只一種唸法。」

普萊斯苦笑，耐心向妻子解釋。

「根據前後的文意會變換讀音。沒有明確的規則可循，但日本人都自然而然曉得如何區分……」

說到一半，他猛地打住。

瞬間，腦海閃過一個念頭。眞是意想不到的情況。但是，那種事怎麼可能……

普萊斯回望桌上攤開的名冊。然後，他沒理會目瞪口呆的艾倫，專注地重新翻閱起校友名冊。

4

數日後——

普萊斯造訪住在東京郊外的一名老人。

這是一棟小巧卻保養良好的日本家屋。確認門牌寫著「里村」，他朝拉門深處揚聲呼喚。

出來迎接他的，是個和藹的瘦小老人。

「我已恭候多時。如你所見，我是一個人住，所以沒什麼能招待的，還請多坐一會兒。」

屋主里村老人帶著普萊斯到客廳，親手泡茶給他喝。端正跪坐在榻榻米上，普萊斯佩服地打量眼前的老人。

老人約莫八十幾歲，依舊精神矍鑠。

然而，普萊斯佩服的不是這一點。

他確實事先知會過要來拜訪，但目前外國人在日本相當罕見，街頭巷尾充斥著反英情緒。在這種情況下，英國記者普萊斯找上門，里村老人竟穩如泰山。

不過，老人會驚慌失措才奇怪。

長年擔任日本貴族有崎子爵家的總管，老人想必早就習慣接待外國訪客。在漫長的歲月中，就算養成喜怒不形於色的本領也不意外。

看準普萊斯的觀察告一段落，老人主動開口。

「你想採訪有崎子爵生前的事跡——我記得沒錯吧？」

普萊斯把茶杯放到桌上，緩緩點頭。

有崎直哉子爵。

明治新政府成立時被認定有功，成爲新貴族，是所謂「武家出身的功勳貴族」之一。

新政府時代，他加入陸軍，被派往歐洲學習軍制長達數年。

返國後，他服役幾年便自軍中退役。退役時的階級爲少將。

年少喪偶的他不曾再婚，任憑周遭親友勸說也沒領養孩子。

死後，依照他的遺言歸還爵位。有崎子爵家從此斷絕。

訪問里村老人前，普萊斯取出筆記，確認調查到的內容。

其中包含子爵「非常優秀，但個性古怪」的傳言。

事前聯絡時，他告訴里村老人：「在歐洲與有崎子爵往來密切的英國朋友們，十分懷念他，所以我想追蹤採訪子爵歸國後的生活情形，寫成報導刊登在母國報紙上。」

於是，他有模有樣地問了一些有崎子爵歸國後的往事，及感興趣的逸事。接著，他的視線落在筆記上，以**順帶一提**的語氣切入正題。

「調查過程中，我聽到一則奇妙的傳言，子爵似乎有個私生子……」

抬眼一看，里村老人笑咪咪地歪著頭，似乎已猜到他想講什麼。

「傳言指出，曾有孩童在子爵家受教育數年。若眞是私生子，為何不讓他繼承爵位？這樣爵位就不會斷絕，您也能在氣派的大宅安度晚年。」

「想必你是聽說了晃少爺的事。」

「晃？那孩子名叫晃嗎？」

普萊斯說著，迅速掃視手頭的筆記。

有崎晃？

他打上問號，記錄下來。

沒錯，目前為止都與他調查到的一樣，問題在於──

「那孩子究竟是什麼人？」

普萊斯按捺劇烈的心跳，若無其事地繼續問道。

「有崎子爵家斷絕後，他的下落呢——如今他在哪裡做什麼，能不能告訴我？」

里村老人犀利地瞇起眼。普萊斯以爲老人會懷疑他的企圖，沒想到，老人微微一笑便娓娓道來。

明治二十九年（一八九六）的某個寒冷冬日，那孩子來到當時位於目白的有崎子爵府邸。聲稱「出門處理一些軍務」的有崎子爵，竟牽著一名幼童的小手返回。

「從今天起，這裡就是你的家。」

里村走到玄關迎接主人時，聽到子爵這麼告訴幼童。

四十多歲的里村剛擔上大宅的總管，不知該如何應對，手足無措之際，子爵冷冷一笑，把牽著的小手交給里村。

「總之，先給他洗個澡。」

丟下這句話，有崎子爵若無其事地邁步離去。

「還要換身衣服。那麼髒，怎能一起吃飯。」

里村轉身一看，才發現幼童渾身髒兮兮。然而，儘管衣衫襤褸、綴滿補丁，沾滿汙泥的小臉上，卻隱隱有種毅然決然、堪稱貴族式的氣質。

雖然困惑，里村還是彎下腰，平視幼童詢問：

「你叫什麼名字？」

——晃。

簡短回答後，不管再問什麼，幼童都只緊咬嘴唇，定定凝視前方。

從那天起，大宅展開以那孩子爲中心的奇妙生活。

年少喪偶後，有崎子爵的大宅全靠傭人打理，一直過著單身生活。有崎子爵身材高眺、體格結實，五官深邃俊美不似日本人，個性豪爽磊落，卻有冷眼嘲諷世情的一面，因此相當有女人緣。被陸軍派遣至國外時，據說與**那邊的女性**發生不少風流韻事，回國後也在新橋一帶的花街柳巷玩得很凶。

那樣的子爵，突然牽著幼童的手進大宅，八成是把外頭藝妓生的孩子接回來了吧。周遭的人會這麼猜測也是理所當然。

然而，不管誰問起，子爵都只笑著不肯透露詳情。

至於被帶回來的骯髒孩童，洗完澡、換上體面衣服後，簡直判若兩人。大宅的訪客甚至以爲他是哪家的小少爺。由於還是孩童，他的輪廓纖細，但不似日本人的深邃五官，眞的有點像子爵。

晃少爺。

基於方便，眾人如此稱呼子爵帶回大宅的孩童。

必要的文件上，寫的是「有崎晃」。可是，他並未登入有崎子爵的戶籍。

有崎子爵沒有繼承爵位的孩子。親友以爲子爵打算領養晃（雖然不曉得是從哪裡帶回來的），可是，不管旁人怎麼勸說，子爵都不肯正式辦理過戶手續。不明講理由，一逕微笑著顧左右而言他，子爵的態度令大夥百思不解。「晃少爺其實是宮中貴人的民間遺珠」及「子爵是替陸軍時代的好友照顧孩子」的推測，在私底下傳得活靈活現，真假卻無從確認。

不管有何內情，子爵展現的教養熱情簡直令旁人目瞪口呆。國籍與種族不同的家庭教師，一個接著一個被請到大宅教導幼小的晃。

而晃展現的學習能力，同樣令眾人瞠目結舌。

例如，負責教育兼語言學的英國教師海茲小姐，對年幼的晃表現出幾近戀愛的狂熱。不僅是海茲小姐示範的英式禮儀，連她說的英文，晃也如乾沙吸水般迅速習得。那孩子是語言天才——海茲小姐紅著臉稟報子爵。一年後，除了海茲小姐的英文課，又加上法文與德文課，隔年甚至增聘教授俄文與中文的其他家庭教師。不只是語言，數學、歷史、物理、化學，各式各樣的專家都被請來大宅培育晃。

家庭教師們不能教的，就由子爵親自出馬。

晃年滿八歲時，子爵經常在家庭教師上完課後，把他叫到遼闊大宅內設置的武道場。不是穿護具拿竹劍對打的**花架子**練習，而是素面素身、以木刀對砍的實戰格鬥。稍有差池便可能喪命的危險練習，子爵帶著賭命上過戰場者的狠勁，徹底訓練晃。起初，晃總是渾身瘀青，也發生過跛腳、頭破血流的情形，卻不曾抱怨。

等到練習後，變成是子爵苦笑著喊來老交情的醫生替自己包紮傷口時，晃主動提出要結束訓練。

在大宅內進行的奇妙教育，一直持續到晃十三歲那年。

晃成爲相貌俊秀，卻如能劇面具般漠無表情，令周遭眾人摸不透心思的少年。

身爲大宅的總管，里村默默守護著晃的成長。而晃也只對里村一人敞開心胸，喊他「總管爺爺」，露出天眞無邪的笑容。

十三歲時，晃遵循子爵的指示報考陸軍幼校。

最後，他在全體考生中拔得頭籌。

5

「『那麼，總管爺爺，我去一下。』……那天，晃少爺若無其事地對我這麼說，便走出大宅。」

里村老人彷彿回憶著當時的情景，瞇起眼道。

「啊啊，這位一定能成爲偉大的軍人，我不禁暗想。晃少爺擁有不爲外物所動的過人膽識，還具備能一眼看穿事物本質的敏銳觀察力。不，絕非是我護短，子爵請來大宅擔任家庭教師的那些有學問的人，都異口同聲稱讚：『這孩子將來必定會出人頭地。從軍應該能當上大元帥。』豈料，居然遇到那種情況……」

里村老人臉色一沉，倏地閉上嘴。

普萊斯焦躁地插話：

「根據紀錄，『有崎晃』在陸軍幼校唸到二年級就退學。他究竟出了什麼事？」

里村老人皺起眉，疑惑地望著普萊斯。

「你在調查晃少爺嗎？我以爲你是來採訪有崎子爵的事跡……」

「不，我不是在調查他……只是覺得或許能替子爵的日本生活寫篇有意思的補充報導……」

普萊斯答得結結巴巴。爲了掩飾失言，他又連忙道：

「請繼續說下去。」

＊

——有崎晃應予退學處分。

收到陸軍幼校寄來的退學通知，有崎子爵瞥一眼內容，嗤之以鼻。對於通知單上「請派人接回」的指示，子爵也只丟出一句「別管他」，就懶得再追究詳情，彷彿早料到會有這麼一天。

然而，站在里村的立場，不可能放下不管。

於是，里村自告奮勇去接晃回來。

領命前往幼校，當面從校長口中得知原委後，里村不禁懷疑起自己的耳朵。

退學原因據說是和同學互毆。

雖然已十五歲，畢竟是小孩跟小孩打架。動不動就爲這點事退學，會剩不到半個學生吧？

里村戰戰兢兢地詢問，校長扭著長長的八字鬍，泰然自若地回答：

「這次受到退學處分的只有晃，和他打架的四人都被勒令停學反省，不用擔心。」

里村再度啞然。

一對四的打架。

處罰和晃少爺打架的四人，這一點能理解。但爲何只有晃少爺退學，其餘四人停學反省？

里村神色大變，提出質疑。校長這才苦著臉，不太甘願地說明詳情。

事件發生在三天前的傍晚。

教官巡視校園時聽到騷動聲，衝到武道場後方一看，四名學生翻白眼躺在地上呻吟，渾身是血的晃站在一旁，表情極爲冰冷。

「臉上沾的是他自己的血。胳臂與胸口數處受傷，似乎是對方拿刀刺傷他。」

像是要阻止情急想起身的里村，校長略抬單手繼續道：

「那把刀其實很鈍，晃的傷都不嚴重，大多是擦傷。該擔心的，反倒是那幾個學生。」

遭四人包圍的晃，撒出藏在手心的沙子，模糊他們的視野，再痛擊他們的要害——睪丸。此刻四人都還躺在床上爬不起來。

「您的意思是，晃少爺因爲身手太厲害遭到退學？」

「這不是厲不厲害的問題，而是有沒有具備軍人精神的問題。」

校長不快地皺眉解釋。

「他們都是孩子。打架，這沒什麼。俗話說『不打不相識』，有時打架反而能讓彼此成爲莫逆之交。不過，前提是要堂堂正正地迎戰。偷偷藏著沙子，趁機傷害對方雙眼？還攻擊睪丸？簡直卑鄙之至！身爲軍人，這種伎倆絕不可取。本校好歹是在教育效忠天皇陛下的軍人，卑鄙的傢伙不適合當本校的學生——好了，就是這樣。」

校長室的門打開，晃的身影出現，捲起袖子的胳膊好幾處都貼著ＯＫ繃。

「帶他回去吧。」

校長像要趕走髒東西似地揮揮手。

返回目白大宅的路上，晃的態度異常沉穩。雖然十分沉默，但他素來如此。里村不曉得該怎麼開口，欲言又止。之後，他忽然想起一件事，出聲問道：

「晃少爺，我給您的刀子還留著嗎？」

「總管爺爺，這話問得太奇怪了吧，我當然留著。」

晃隨即從胸前口袋取出一把小型折疊刀。刀柄綴有螺鈿，非常精美。這是晃進入陸軍幼校就讀時，里村送給他當紀念的。

晃握著一揮，磨過的刀刃反射陽光，倏然一亮。

「瞧，我總是隨身攜帶。」

「既然您帶著……」里村嘆道：「被那四個同學包圍時，怎麼不拿出來？要是取出小刀，縱使沒實際派上用場，也可能嚇得對方打退堂鼓。畢竟對方有四個人，先拿出刀子不算卑鄙。」

晃又揮一下，變魔術般靈巧收起小刀，薄薄的唇角微露笑意：

「總管爺爺，你不懂。如果是一對一還好，一旦成群結隊，他們就會突然不怕死。那所學校就是這樣教育學生的。倘若我拿出刀子，一定會有人死掉。**殺人是最壞的選擇，當然自殺也是**。所以，我才會始終空手對付他們。」

6

——遭陸軍幼校退學後，有崎晃負笈英國。

打完這一行，普萊斯發覺香菸已熄，便停下手。

他從罐子取出一根菸點燃。

吸了一口，環視四周，辦公室不知何時只剩他一人。

牆上的鐘顯示已過凌晨三點。

難怪大夥都走了。

普萊斯苦笑，目光掃過雜亂堆放大量筆記的桌面。只顧整理從里村老人那裡聽來的情報及其他資料，不知不覺弄到這麼晚。

忘記和家裡聯絡。

八成又會挨艾倫的罵。

妻子生氣的臉浮現腦海，普萊斯不禁縮起肩膀。別看她那樣，其實有時脾氣大得很。光想像這次會怎麼挨罵，他便一陣憂鬱。

不過，現在顧不上那麼多。

普萊斯叼著菸，視線移向正在打的報告書，滿足地瞇起眼。

日本帝國陸軍內部悄悄設立的神祕間諜培訓組織，通稱「D機關」。

招募非軍方人士培養間諜，難以想像日本軍隊會有這種「突破傳統」的另類間諜機關。實際上，即使是此時此刻，D機關成員也不斷盜出各國機密情報，以意想不到的方式送回日本——

在一向輕視情報戰略，不把間諜當回事的日本陸軍內部，有個男子憑一己之力在打隱形的情報戰。

結城中校。

關於他的情報僅止於此。不，連「結城」這個姓氏，及「中校」的階級，都無法確定。

「Fnu Nmi Lnu」

名字不詳，無中間名縮寫，姓氏不明。

據說，對間諜而言這是最好的墓誌銘……

（若是這樣，未免太可憐。）

普萊斯在菸灰缸摁熄香菸，無聲一笑。

拿起打好的成疊報告書，慎重拂去微微沾附的菸灰。

他翻頁，再次檢視要點。

有崎晃，遭日本帝國陸軍幼校退學後，負笈英國。

之後他過著何種生活，詳情不得而知。

但是，每隔半年他會寄一張明信片給里村老人。

內容單調固定。

不過，從郵戳可發現，那些明信片寄自倫敦、巴黎、柏林、開羅、伊斯坦堡等世界各地的不同場所。

他只在一九一二年回國一次。

爲了出席緊隨明治天皇之後過世的有崎子爵喪禮。

睽違數年，晃已成長爲高眺的青年。二十二歲的他，面孔黝黑，五官深邃英俊，稍嫌過瘦的纖細體格，讓里村聯想到磨得銳利的刀子。

身穿英國訂製黑西裝的晃，自然而然吸引喪禮會場所有婦女的注目。那個青年是誰？到處都有人竊竊私語，但想必都沒得到答案。說來奇妙，隨著晃逐漸成長，幾乎再也感覺不到他與有崎子爵的共通點。況且，晃吩咐過里村等少數認識幼年的他的人，不得洩漏子爵與他的關係。

辦完喪禮，晃遵照子爵的遺言賣掉大宅，所得的錢大半分給傭人，剩餘捐給慈善團體。

晃分文未取。

不知爲何，有崎子爵指定晃當遺言執行人，卻隻字不提該留給他的財產。

有崎子爵家的財產全部處理乾淨後，晃來見里村。

「總管爺爺，這些年多謝照顧。」

一問之下，原來晃要搭當晚的船回歐洲。

「今後您有何打算?」

里村惶恐地問。里村獲贈的財物足夠他提早退休也不愁吃穿，晃今後卻必須孑然一身地活下去。恕我冒昧，能不能讓我援助您一點錢?里村忍不住提議，晃一笑置之。

「我不是小孩了，自己會想辦法解決。」

「可是晃少爺，話雖如此……」

見里村不肯答應，晃歸國後一直冷冰冰的臉孔終於稍稍和緩，嘴角露出嘲諷的笑容：

「總管爺爺，我在那邊已混出名堂，不用擔心。」

在那邊?混出名堂?

里村困惑地眨眨眼，於是，晃彎下腰，湊近他耳邊低語：

「周遭的人，都喊我『公爵』。」

*

普萊斯把報告書往桌上一扔，靠著椅背，雙手交抱腦後。

沒錯。

挖到「獨家新聞」，普萊斯感到十分慶幸。

之所以會發現**那件事**，純屬偶然。

契機是妻子艾倫唸錯漢字。

看到以日文書寫的喬遷通知，艾倫唸成「已遷居SANJUU」。那樣意思不通，實際上應該是「已遷居三重（MIE）」。

的確，三重也能唸成「SANJUU」，但用在這裡得唸「MIE」……

爲妻子解釋到一半，他赫然一驚。

憑一己之力統率另類間諜組織「D機關」的結城中校，肯定是校級以上的高級軍官。那麼，按照常理，他必定曾就讀陸軍幼校、士校，或陸軍大學。可是，翻遍校友名冊也找不到「結城（Yuki）」這個姓氏——

普萊斯一頭霧水，該不會是他看漏？

漢字通常有好幾種唸法。反過來說，**同一個讀音也會有多種寫法**。

注意到這一點，普萊斯重新檢查校友名冊，終於找到目標對象。

有崎晃，以第一名的成績考取陸軍幼校，卻在二年級遭到退學。

「有崎」（Arisaki）**也可唸成**「Yuki」。

目前的駐日外國記者中，恐怕只有普萊斯會覺察。不，說起來，對日本人而言，姓氏的讀音或許才是盲點，所以很容易疏忽。唯有身爲外國人，卻用漢字「阿龍」簽名的普萊斯這種日本通，才會發現此一獨家新聞。

不過，這只能算是情況證據。

於是，普萊斯鎖定最了解有崎晃的人，也就是長年擔任有崎子爵家總管的里村老人。

他打算藉著採訪有崎子爵過往事跡的名義，伺機探聽有崎晃的個人情報，結果——

從里村老人口中問出的有崎晃身世，正如普萊斯想像的結城中校童年時代。只要有明治新政府成立的功臣兼陸軍少將有崎子爵的**人脈**，步上軍人之路應該不會太困難。明明是高級軍官，卻沒列在士校與陸軍大學的校友名冊上，這下也解釋得通——

普萊斯聽到一半，幾乎已確信這次的採訪「中獎了」。

最關鍵的是，返國參加有崎子爵喪禮後，晃對里村老人說溜嘴的那一句：

「周遭的人，都喊我『公爵』。」

聽到里村老人最後透露的這則插曲，普萊斯如遭電擊，還能夠強裝鎮靜離開實在太厲害……

普萊斯靠著椅背，對不斷從菸頭裊裊升起的煙眯起眼。

公爵。

英文是duke。

第一個字母是D。

——連上線了。

這次他打從心底確信。

不僅僅是長年擔任遠東特派員的新聞記者直覺。

里村老人的客廳有一張老舊的合照。

借來一看，便聽老人說褪成暗褐色的照片角落，那個小小人影就是剛去英國留學的晃。一同合照的少年們穿著伊頓公學的制服。有崎子爵似乎把遭日本陸軍幼校退學的晃，送進英國的名門公學。

普萊斯湊近褪色的照片，目光忽然受站在少年晃背後的人物吸引。

他再看一次，證實心中猜測後，差點失聲驚呼。

雖然對方臉上貼著黑色山羊鬍變裝，但肯定不會錯。

站在少年晃背後宛如監護人的胖嘟嘟大塊頭，正是曼斯菲爾德．卡明格海軍上校，被稱為「C」的人物。

他是英國祕密情報部，即MI6的首任部長。

「C」這個稱號，源於他總是用綠色墨水簽上名字的縮寫。

身為MI6首任部長，卡明格盡力提供情報活動必要的暗號、手槍、刀子、相機、隱形墨水等諜報用特殊工具，及便於情報員攜帶的無線電等一般配備。今日世界幕後不斷上演著情報戰，若說英國之所以能領先一步都是拜他所賜，絕不為過。

有崎子爵誰不好找，竟然找卡明格當少年晃在英國的監護人。

在普萊斯的想像中，「C」一定是看出少年晃的資質，於是放到自己旗下培訓。真是這樣，有崎晃等於是直接追隨英國最傳奇的情報頭子接受訓練。那麼，他會從世界各地寄明信片給里村老人，也不難理解了——

這是日本與英國關係良好的當時，才可能發生的情況。

有崎子爵與「C」的淵源不明，但明治政府派子爵到歐洲時，兩個不算傳統的軍人，說不定有過某種接觸……

普萊斯在沒有旁人的辦公室，任思緒馳騁，邊想著歷史是多麼諷刺。

如今日本與英國爲敵，身爲英國人的普萊斯，正在追查統率日本間諜組織的結城的過去。

普萊斯感慨萬千地嘆口氣，搖搖頭。歷史的諷刺，正是如此。他再度掃視四周，確認沒有旁人後，喃喃自語：

——沒想到，會是同一個人訓練出來的間諜。

7

普萊斯是在報社的孟買分社擔任特派員時被挖角的。

暫時返國期間，英國外交部突然找他過去。

踏進對方指定的倫敦辦公室，等待他的是穿制服的現役海軍上校。在一頭霧水的情況下，普萊斯遭到嚴格的審問。最後，對方忽然露出前所未見的溫和笑容，伸出手對他說：

「歡迎加入MI6。」

後來，他才曉得對方是MＩ6的長官，通稱「C」的人物。

普萊斯一度辭去報社的工作（理由是「玩股票賺很多錢」），在「C」的手下接受間諜訓練。一年後，普萊斯重回報社（理由是「玩股票賠很多錢」），被安排到香港擔任遠東特派員。

之後，他巧妙運用檯面上的報社記者身分與間諜的地下臉孔，遊走於遠東地區。

之所以來日本，也是因爲日英同盟瓦解後，雙方外交關係急速惡化，MＩ6需要日本的最新情報。

普萊斯是眞的深愛日本這個國家。清潔的街景，一絲不苟的親切人們，溫和的笑容，他甚至考慮過退休後直接定居日本。

但是，在熱愛著十年前那個日本的普萊斯眼中，現今的日本是名副其實的「敵國」。

作爲報社記者，普萊斯從初抵日本就不斷撰寫善意的報導傳回母國。那些討厭日本的英國人，甚至批評「普萊斯是日本的走狗」。送出報導前，普萊斯會先主動提交給日本的特務警察審閱，舉凡對方有意見之處都二話不說就修改。因此，日本政府及憲警視普萊斯爲「親日派記者」，對他的監視也較寬鬆。

不過，這一切都是爲了方便地下間諜活動。

十年來，普萊斯在日本國內祕密布下個人情報網。

從港灣作業員、財閥秘書，到宮中的女官，這些被稱爲「資產」的內應蒐集的情報，普萊斯以不同於新聞報導的方式不停送回英國，想必連駐日英國大使都不曉得他是MI6的間諜。

以往，包括日軍的編制、配置、移動、陸軍在中國戰線的作戰、海軍艦隊的預定行動，乃至日本的輿論、少數派意見，普萊斯私下傳遞各式各樣的情報給英國。

然而，這次的「獨家新聞」——結城中校的過去，是解開日本陸軍間諜機關謎團的唯一突破口。其中的意義，遠非從前那些微不足道的情報成果可比……

想到這裡，普萊斯蹙起眉。

有一點令他耿耿於懷。

感覺上，截至目前爲止，他的調查幾乎都毫無偏差。

那就是有崎晃，等於結城中校。

只是，正式做出結論前，得先確定一件事。

有崎晃的現況。當下，他究竟在哪裡、做什麼？

他不經意問起，里村老人的態度頓時一變。談論晃的少年時代，老人似乎萬分懷念，露出喜孜孜的表情，但提到現在的事，話立刻明顯減少。只見他坐立不安，視線游移，一臉僵硬。

老人顯然有所隱瞞。普萊斯以不會遭到拒絕的程度兜著圈子發問，從對方曖昧的回答推測出幾個可能的情況。

一，這幾年里村老人並未與晃交談。
二，另一方面，老人最近見過晃。
三，現在的晃看起來和從前判若兩人。
四，歐洲爆發的世界大戰末期，是晃改變的關鍵點。他在德國發生什麼事？

這些已是極限。
里村老人對晃的現況含糊其詞，不肯明確答覆，雖然是被特別叮囑過，那麼——只好逆向進攻。
普萊斯返抵自宅，重新審視他帶回來的報告書。
一九〇六年，有崎晃赴英國留學。
一九〇九年，英國祕密情報部脫離陸軍情報部，成爲獨立諜報機關。
首任部長卡明格海軍上校，對於間諜人才的挑選與教育、運用，貫徹獨樹一幟的做法，完全不容置喙。
黎明期的MＩ6，是否曾有疑似晃的東方人？
遺憾的是，卡明格上校早已逝世。只能直接詢問MＩ6總部。
反過來說，若無法確認這一點，辛苦取得的獨家新聞也可能成爲空中樓閣。

透過普萊斯慣用的管道，查起來太費時。委託駐日大使，利用外交郵袋當然能縮短時間，但基本上大使並不曉得普萊斯的眞實身分，他想極力避免接觸。

——動手吧。

普萊斯下定決心，瞥向放在壁龕的舊式收音機。

雖然僞裝成收音機，其實是ＭＩ６配給的高性能無線電報機。可藉由發出特殊頻率的電報證明間諜的身分，對方收到便會開始行動。平常使用恐怕會有遭日方探知之虞，只允許特殊情況使用。

外國記者全在日本警方的監視下，不過，他們在家時憲警應該不會隨便闖入，否則會引發外交問題（趁無人在家時闖入的例子倒是不少）。雖然日英關係惡化，畢竟尙未發展至戰爭狀態。只要沒掌握明確的證據，「親日派記者」普萊斯的住處就不太可能遭到搜索。

深夜。

等艾倫熟睡後，普萊斯偷偷鑽出被窩，著手作業。

他用螺絲起子卸下螺絲，打開收音機外殼的鐵蓋。接著，鬆開不顯眼處的小螺絲，拿彎嘴鉗與夾子，把露出的電線連結成迂迴電路。

到此爲止只需五分鐘。

利用速成的特殊電報機，打出預先擬好的密碼文，再將收音機恢復原狀，若無其事地躺回艾倫身旁。

所有步驟應該能在三十分鐘內完成，風險極小——

原本應該是這樣。

普萊斯剛開始發電報，後門就一陣騷動。

聽見艾倫的尖叫，他回頭一看，憲兵隊已穿著鞋子直闖家中。

瞬間占領此處的軍服男子們背後，緩緩走出疑似隊長的人物。

他冷冷掃過一臉茫然的普萊斯與桌上的電報機，面無表情地轉身，命令部下：

「這是從事間諜活動的現行犯。逮捕這傢伙！」

8

怎麼會變成這樣？

普萊斯一臉茫然，感覺在耳邊吼叫的日語異常遙遠。

他放在桌上的雙手，戴著堅固的鋼鐵手銬。

爲什麼？爲什麼會變成這樣……到底是哪裡出錯？

沒有答案的疑問，一直在他腦中盤旋。

普萊斯至今多次面臨危機，還曾在禁止採訪的基地周圍遭到盤查。每次他都勉強找理由敷衍過去（「不小心在電車上睡著，醒來已到終點站，對不起」），或者主動交出相機，在盤查者面前撕碎手邊的筆記。當然，那全是爲了掩飾間諜工作。平時他按照日本政府的意向寫報導，被視爲「親日派」，在外務省也有不少朋友。若是輕微的嫌疑，找他們幫忙說情應該能以「誤會」解決，但是——

這次是當場人贓俱獲。

除了僞裝成收音機的特殊發報機，還被逮到正在打密碼文，罪證確鑿。再怎麼狡辯恐怕都不管用……

惡名昭彰的日本憲兵隊偵訊方式，果然名不虛傳，極爲凶狠。

只要一否認，就有人在耳邊怒罵，踹椅子害他摔倒在地。盤問者輪番上陣，不容他休息片刻。

名爲偵訊，實際上是拷問。

沒有拳打腳踢或拿竹劍直接毆打，大概是顧慮到普萊斯是外國人。摔倒造成的瘀青，事後出問題便能堅稱「是他自己摔倒的」。

與外界的接觸完全斷絕。

接受沒完沒了的盤問，數度幾乎暈厥，普萊斯仍拚命動腦筋。

憲兵隊會在那個時間點闖入家中，肯定是得到相當準確的情報。

有人在監視普萊斯的行動。

能夠想到的對象，只有一人。

結城中校。

那**本該是普萊斯在追查**的人物。雙方究竟是何時立場顛倒？

睽違十幾年，耳朵深處又響起「C」的話。

——聰明的野獸明知遭到追捕，也能引導獵人步向毀滅。

這是熱愛格言的「C」愛掛在嘴邊的比喻。結城就是聰明得可怕的野獸嗎？果眞如此……

獵人的毀滅。

那意味著什麼，普萊斯光想像就寒毛直豎。

結城的目標，恐怕是普萊斯在日本的內應名單。從盤問者的言談間，可知與普萊斯接觸過的人已依序帶至憲兵隊，受到嚴厲審問。這樣下去，普萊斯在這個國家辛苦累積的成果將會全部消失。唯獨那種情況，無論如何都得避免——

倏地，一般涼風拂過臉頰，他不禁抬眼。

炫目的藍天映入眼簾。

——對了……現在已是夏天。

普萊斯愣愣思索著。

憲兵隊本部，頂樓五樓的偵訊室。

大大敞開的窗口，傳來吵得惱人的蟬聲。

果然，只剩下**那條**路。

「能不能給我一根菸？」

他抬起頭，對盤問者說。

始終緘默的普萊斯頭一次主動開口，盤問者臉上掠過一絲詫異。

「我投降。我會全盤托出。」

他面色凝重地保證，對方如釋重負，遞上一盒CHERRY牌菸。他道聲謝，抽出一根點火。

目光追逐著裊裊升起的煙，普萊斯感到十分諷刺。到頭來什麼也不剩，就和這根菸一樣。他試著深吸一口，卻絲毫不覺美味。

他再次確認口袋裡的遺書。

「我不行了，在憲兵隊受到盛情款待，非常感謝。」

折起的便條紙上如此寫著，是他剛才趁隙偷偷用英文潦草留下的。

——只要有這個……應該有辦法善後。

普萊斯下定決心，把變短的菸從嘴上拿開，裝得神志茫然，邊窺探四周動靜。

待會兒扔掉菸時踹開椅子起身。距離窗邊一步半。室內包括盤問者在內的三人，都沒站在會妨礙突發行動的位置。

普萊斯屏息準備行動，門突然打開。

一名穿陸軍軍服的年輕男子踏入房間，瞄普萊斯一眼，大步走近盤問者。對方制敵機先，普萊斯一步也無法動彈。

年輕男子一陣耳語，盤問者面露驚愕。看到對方出示的文件，盤問者才勉強點頭。

「你被釋放了。」

盤問者轉向普萊斯，極為不快地說。

「門口有人來保釋你。」

釋放？有人來保釋我？

普萊斯一頭霧水，當場愣住。雖然想站起，但或許是緊張忽然解除，雙腿發軟動不了。

「磨蹭什麼，還不快滾！」

盤問者不屑地怒吼。

左右有人架住普萊斯，硬是把他從椅子拉起來。

他轉身一看，敞開的窗子可見耀眼的藍天。門在背後關上，再也聽不到惱人的蟬鳴。

9

床上躺著一名瘦削的男子。

二十多年來，他從沒清醒過，一直沉睡。據醫生診斷，今後他睜眼的可能性幾乎是零——

聽著說明，普萊斯凝視床上的男子，感到一陣茫然。

實在太荒謬……不該是這樣。這就是**他**？那麼，究竟是爲何……

身旁傳來話聲。

「對，今天天氣很好，夏天到了。」

彷彿對方有反應似地頻頻開口，忙著照顧沉睡男子的人物——

就是他帶普萊斯來**這裡**的。

當普萊斯像被掃地出門般自憲兵隊本部獲釋後，看到門口的瘦小老人，不禁啞然。

之前聽說有人來保釋，他以爲是英國大使或妻子艾倫。爲何**里村老人**會幫遭憲兵隊逮捕的普萊斯辦理保釋？

里村老人露出溫和的笑容，見到普萊斯後深深一鞠躬，催促他坐進等候的車子，幾乎是毫無說明，便直接帶他到這座蓋在郊外山丘上的療養院。

里村老人領著普萊斯走進建築物，以眼神示意他看在床上沉睡的枯瘦男子。

「這就是晃少爺。」

老人小聲介紹。

晃少爺？

普萊斯蹙眉。

這名在床上沉睡的枯瘦男子，就是有崎晃？

不可能。

普萊斯無意識地搖頭。有崎晃，**也就是結城中校**，應該正以現役陸軍軍人的身分率領D機關，活躍於諜報行動……

驀地，他如遭迎頭痛擊。

弄錯了嗎？

有崎晃，並不等於結城中校。他追逐的是虛構的幻影蝴蝶……所以才會暴露間諜的身分，落入憲兵隊手裡？

里村老人熟練地照顧沉睡的男子，邊淡淡講述來龍去脈。

之前歐洲爆發的「世界大戰」即將告終時，晃以陸軍觀察員的身分視察戰場，不幸受德軍的毒氣作戰波及，陷入昏迷。意識不清的晃被軍艦送回日本，不料，陸軍醫院拒絕收容，理由是他**並非正式的帝國軍人**。而一般民間醫院，則藉口「沒有前例」或「無法醫治」，拒絕治療。一位替晃診察的醫生搖著頭說：「腦部受損，還是開張死亡診斷書吧。」但是，在里村眼中，晃明明活著。他會呼吸，也有脈搏，身體依然溫熱，只是醒不來，憑什麼說他死了？

老人抱著沉睡的晃，走投無路之際，某人前來拜訪。

——我在歐洲有幸親近他。

如此自我介紹的男人，看起來與晃的年紀差不多。他吊著一隻包著繃帶的手，半張臉都是慘不忍睹的傷痕。

注視在床上昏睡的晃半晌，男人轉身向里村提出一項建議——

「那位先生介紹這間療養院給我們。」

替沉睡的男子打理乾淨後，里村老人輕吐口氣。

「如您所見，這裡是慈善家經營的私人療養院，不對一般人公開，除非有特殊關係，否則進不來。每個月的治療費想必也是一筆不小的數目，實在不是我能負擔的金額。」

介紹療養院的男人表示，今後一切費用都由他支付。

看著惶恐不安的里村，男人提出相當奇妙的條件。

第一，絕不能問他的姓名。另一個則是——

「將來有人來調查晃少爺時，要依他教的內容回答——也就是晃少爺的『新的過去』。」

里村老人噗哧一笑，繼續道。

「而且非常詳盡，這便是所謂的滴水不漏吧。我一遍又一遍複述，直到完全記住晃少爺『新的過去』爲止。因此，我已深深銘刻在心，連哪些是晃少爺**真正的經歷都無法區別**。」

宛如濃霧緩緩散去，眞相在普萊斯的眼前展開。

結城料到將來會有人追查他的過去，早有防範。

不曉得結城究竟是怎麼辦到的，他不僅將自己的過去完全抹消，甚至以自己的過去爲誘餌，逼敵方間諜現形。他一點一滴留下假線索，故意讓人追蹤。讓人把「有崎」唸成「Yuki」，讓里村老人講述有崎晃的虛假身世……

一心一意追蹤獸跡的獵人，必然會露出破綻。

普萊斯以爲「能夠想到『有崎』也可唸成『Yuki』的，唯有雖是外國人卻精通日本漢字的特殊人物」。注意到這一點的他，只顧追查眼前的獨家消息，身後漏洞百出。

眞正聰明的野獸，會誤導獵人追蹤假造的痕跡，設下毀滅的陷阱，就如同「C」所言。但是——

普萊斯心下茫然，仍感到有些無法釋懷。

對方二十年前就布下陷阱。在久遠得教人暈眩的往昔，結城便預測到未來會遇上這種情況？並且，啓動陷阱好逼敵方間諜現形？

不太對勁吧？

現下留在日本的外國人極少，憑結城的本領，用不著如此大費周章，也能查出英國《泰晤士報》遠東特派員普萊斯身兼英國間諜。不對，逼普萊斯現形並非他眞正的目的。那麼，他究竟有何企圖……

普萊斯心頭一驚，探進口袋。

——上當了。

不知何時，遺書已不翼而飛。

「我不行了，在憲兵隊受到盛情款待，非常感謝。」

以英文潦草寫成遺書的便條紙上，普萊斯使用特殊墨水，詳細留下他在日本國內拓展的內應網絡、接觸方法、代號、確認安全的暗語等資料。

遍及政界、財界、海軍，乃至宮中，耗費十年建立的情報網，只有普萊斯能夠正確掌握，知道當地內應身分的人愈少愈好。間諜不會向任何人透露自己的內應是誰，這是保護內應的唯一方法。

可是，深夜突然遭到逮捕後，普萊斯與外界完全斷絕聯繫。依多年的記者經驗，不難想像此事定是暗中進行。另一方面，不曉得日方對他的內應名單掌握到何種程度，必須有人幫忙去警告他們，給他們隱藏、消滅證據或逃往國外的機會。

從盤問者的言談間，聽得出日方已著手搜查那些內應。

再這樣下去，不單累積十年的成果會毀滅殆盡，一旦普萊斯的情報網曝光，日本國內的隱性親英派將會成爲日本國民憎惡的對象，日英關係也將徹底決裂。他一個人的失誤，將導致兩國的外交關係陷入無法挽回的嚴重事態。不管怎樣，都得避免走到這一步——

普萊斯只剩一個方法。

留下遺書自殺。

逮捕的事實能夠掩蓋，但**死亡無法隱藏**。

負責偵訊的憲兵隊，唯恐普萊斯的自殺發展成外交糾紛，找到遺書後想必會鬆口氣。「在憲兵隊受到盛情款待，非常感謝。」作爲「偵訊過程沒有失誤的證據」，他們一定會慌忙將遺書交給英國方面。屆時，他們絕不可能檢查紙張本身。

普萊斯的死一公開，MI6總部會立刻出動，向大使取回遺書，找出以特殊墨水寫下的日本內應名單，分別給予適當的建議或警告，至少能避免外交上出現致命的瑕疵——

基於這樣的考量，他才下定決心。

可是，他錯了。

日方逮捕普萊斯時，對他的情報網一無所悉。身爲間諜，普萊斯一直表現得很完美，不可能輕易被逮住尾巴。

——不容易找到的東西，讓藏東西的人主動拿出就行。

這也是「C」愛掛在嘴邊的格言之一。

結城向盤問者透露情報，暗示已知此事，引起普萊斯的疑心。最後，甚至料中普萊斯會以死交換，設法延續累積十年的成果。接下來的發展，就取決於間諜的個性，不見得誰都會隨身攜帶機密名單，普萊斯的例子湊巧是「寫遺書的便條紙」。

之後的情況，不用想也知道。

普萊斯剛要採取行動，穿軍服的年輕男子打開偵訊室的門走進來。他八成是結城的部下，一個眼神就制止普萊斯的行動，提出公文讓普萊斯獲釋。然後，趁著架起普萊斯時，抽走口袋裡的遺書。

普萊斯吐出一直憋著的氣，感慨地搖頭。

投注十年心血建立的日本內應「隱性親英派」，這下完全曝光。就算哪天上演一網打盡的逮捕劇碼，也不足為奇——

然而，不會發生那種情況。

同樣身為間諜，普萊斯相當明白結城的意圖。

今後，他們也將若無其事地繼續過日子吧。

不讓普萊斯在緊要關頭自殺就是最好的證據。**死亡無法隱藏**。要是普萊斯自殺，可能會演變成棘手的外交問題。結城有意防止事情走到這一步。果真如此，他應該也會避免大舉逮捕目前日本國內的「隱性親英派」，掀起無謂的風波……

忽然，普萊斯捕捉到一絲不對勁。

當初疑似結城的男人去拜訪里村老人時，曾自我介紹「在歐洲有幸親近晃」。兩人該不會真的在哪裡接觸過吧？

然而，普萊斯瞇起眼，苦笑著揮除腦中的懷疑。

即使是事實，也不可能查明。

——一個身分曝光的間諜，比死狗更派不上用場。

如同「C」老掛在嘴邊的格言，身分曝光的普萊斯，已沒有任何手段調查結城的過去。

里村老人疼愛地摩挲沉睡的晃的雙手，普萊斯對著他的背影行一禮，默默離開療養院。

走出大門，戶外仍洋溢著幾乎要刺痛肌膚的夏日陽光。普萊斯仰望天空，微微瞇眼，取出香菸點燃，而後步下山丘，茫然思考著。

儘管平安獲釋，他畢竟曾被懷疑是間諜，遭到逮捕。鄰居都看在眼裡，不必等日本政府正式將他驅逐出境，在反英情緒高漲的日本也不可能繼續待下去。

——沒辦法，只好先回香港換個身分，然後……

普萊斯思忖著接下來的任務，腦海突然浮現妻子艾倫在家中憂心等待的模樣。

唔，原來是這麼回事啊——

普萊斯叼著菸，撇下唇角。

倘若陷入困境時，率先想到的是伴侶，表示這個間諜該退休了。

記得「C」這麼說過。

結城妨礙普萊斯自盡，讓他活著獲釋，再刻意透過里村老人揭開底牌，徹底擊潰他的自信，迫使他不得不結束間諜生涯。

敗北。

這二個字浮現眼前，遲遲不肯消散。

普萊斯停下腳步，仰望耀眼的藍天。

艾倫的祖國比利時正捲入與納粹德國的戰爭，但應該不會持續太久。「人類無法永久和平，也無法永久戰爭。」這也是「C」喜歡的格言之一。

等這場戰爭結束，就和艾倫一起去比利時生活吧。

聽說那是個美麗的國家。

一定會有美好的餘生。

普萊斯露出自嘲的笑容，以指尖狠狠彈飛叼著的香菸。

代號刻耳柏洛斯　前篇

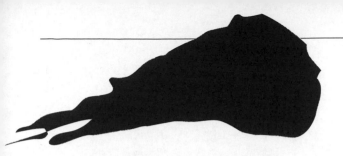

艦橋內的景象宛如地獄圖。

從舷側近距離發射的數枚炮彈，徹底毀壞艦橋，在場眾人傷亡慘重。直擊彈造成的死傷，大部分是缺手斷腳、血肉模糊。船長被轟掉半張臉，趴在攤開的海圖上斷氣。坐在牆邊，捂著血淋淋的腹部呻吟的大概是一等船副。地上躺著一隻斷臂，不知是誰的。

天花板與部分船壁遭到破壞，直可窺見藍天。斷壁殘垣下，上半身被壓爛的人只露出腳。

四處竄起火苗……

指揮官步入艦橋，瞥一眼狀況，微微蹙眉。

未免有點過火了吧？這麼看來，或許——

「找到了！」

檢查船長室保險箱的一名部下，興奮地跑過來。他懷中的綠皮包似乎很重，側面有許多小洞。由於底部裝著鉛塊，實際上更重。要是扔進海中，肯定會立刻像石頭一樣沉入海底深淵……

指揮官詭異一笑，旋即面無表情，冷漠地下達命令：

「在船艙裝上炸藥，放雙倍分量。快點。我們撤退後，立刻炸沉這艘船。」

「可是……還活著的人怎麼辦？」

奉命裝設炸藥的部下瞄向腳邊，戰戰兢兢問道。地上倒著一群低聲求助的傷患。

「還活著的人？哪來那種東西？」

對上面無血色的一等船副目光，指揮官視若無睹地繼續道。

「由於遭到炮擊，我們上船時已全員死亡，沒留下任何證據——聽懂沒！」

「是、是的，長官！」

部下挺直腰桿敬禮，倉皇逃離現場。

「還活著的人嗎……」

指揮官在嘴裡咕噥，輕輕搖頭後轉身離開。

不一會兒，船艙爆出悶響。

二次、三次。

船身緩緩傾斜，最後大海吞沒一切。

1

出航後的壞天氣彷彿一場夢，今天一早，頭頂就是整片耀眼的晴空。

直到昨晚，船仍如樹葉任由暴風雨玩弄，此刻風雨總算平息，白浪點點的海面只留下些許風雨的痕跡。

自舊金山出航，至今已是第六天。

「朱鷺丸」迂迴繞過海上發生的強烈低氣壓帶，耽誤了一天的行程。

全長一百七十八公尺，總噸位一萬七千噸，最高航速二十一節（一小時三十九公里）。

「朱鷺丸」外型優美，有「海上聖母」之稱，是大日本商船公司自豪的豪華客輪。四座引擎皆選用節省燃料費的柴油引擎，是革命性的經濟船型。特別頭等艙附帶和室，純和風樣式十分引人注目。另一方面，頭等艙、大廳、酒吧、讀書室、吸菸室、餐廳等，則委託英國的一流設計師裝潢，不惜耗資使用英國古典樣式的頂尖技術與裝飾材料。此外，除了美容室，還有沖洗底片的暗房、健身房、游泳池及電影院等娛樂設施。因此，理所當然地取得勞氏驗船協會（Lloyd's Register of Shipping）的最高船級認證，包括換氣、暖氣、通訊、衛生醫療，各方面均採最新技術，名副其實是世界最高水準的客輪。

接近正午，遠處的水平線上，明顯與早已看膩的雲層不同的黑色稜線遙遙在望。

那是夏威夷群島。

在這條最短十二天便可從舊金山抵達橫濱的太平洋航線上，火奴魯魯是唯一的中途靠港地點。

船員宣布預定抵達時間後，掩不住終於能踏上久違陸地的喜悅，中午的頭等艙餐廳裡，開香檳慶祝聲此起彼落。南國陽光照亮的甲板上，一路嚴重暈船不得不窩在房間的旅客，也興沖沖做好上陸的準備，顯得相當興奮緊張。

頭等艙甲板上話語交錯，英語與日語各半。船客的國籍與人數比例，想必也大致如此。其中，不乏抱著狗的外國婦人。

穿雪白制服的湯淺船長現身甲板，指著水平線上的島影，親自陪同頭等艙的船客——

「您不看嗎？」

聽見有人搭話，內海倏抬起頭。

一身制服的修長人影出現在眼前，是一等船副原。

看什麼？

內海流露疑惑的目光，原船副略紅著臉解釋：

「大夥都在左舷甲板上，嗯……」

環顧四周，內海注意到船客聚在看得見島影的左舷，聆聽船長的導覽。右舷這邊，除了坐在椅子上看報紙的內海，沒有別的船客。

「我現在有點忙。」

內海苦笑著回答，指著船上發行的英文報紙某處。

「填字遊戲嗎？」

原航海士湊近一瞧，有些目瞪口呆地嘀咕。

「海神。」

「咦？」

「總共八個字母，第三個字母是『S』。你猜是什麼？」

「……波賽頓（POSEIDON）？」

內海屈指計算字數，滿意一笑。

「海洋的事果然得問海上男兒。」

他嘟囔著在空格填上字。

「那麼，這一題呢？『某變奏曲』？」

「只有這麼點提示？」

「六個字母，最後一個應該是『A』。」

原船副思索片刻，搖搖頭。

「抱歉，我想不太出來……」

「那麼，先不管這一行的空格，下一題……」

說到一半，內海的眼角餘光瞄到原船副的表情一暗。

於是，內海抬起頭，順著他的視線望去。

剛才空無一人的右舷甲板，不知何時多出數名男子，交頭接耳地低聲討論。隔著一段距離，聽不清內容。

「但願沒事——」

原一等船副沉著臉，喃喃自語。

內海置若罔聞，垂眼盯著字謎，埋頭研究下一題。

「冥府的看門狗。八個字母，第一個是K……」

一九四〇年六月。

前年九月，歐洲因德國侵略波蘭，爆發第二次世界大戰。

然而，身爲「中立國」的日本與美國之間的太平洋航線，客貨輪的生意依舊興隆。

不，開戰導致大西洋成爲危險的「戰鬥海域」後，人與貨物都得經由太平洋及歐亞大陸運送，太平洋航線的客貨運反倒格外熱絡，大發戰爭財。

在太平洋穿梭的「中立國」日美兩國船隻，夜間也燈火通明，清楚掛出中立國的標幟，努力確保航行期間的安全。

在「世界」一分爲二，爆發戰爭的今日，**中立國有義務悉心注意**，以免遭到敵對的兩陣營誤傷。反過來說，這意味著載有利於其中一方的物資或人力資源的船隻，即使遭到炮擊，甚至爆炸沉沒也莫可奈何。

六天前。

「朱鷺丸」自舊金山啓程，所有等級的船艙都超過平均載客率，尤其是二等船艙，幾乎是客滿。不過，這是有原因的。

即將出航時，五十幾名德國人突然要求登船。

起初，面對他們的要求，湯淺船長顯得十分為難。

倘若同意讓現在交戰中的德國人，而且是超過五十人的大團體搭船，難保不會威脅到其他乘客的安全。

如此判斷後，湯淺船長命令大日本商船舊金山分公司拒絕德國人的搭船要求。

沒想到，事情有意外的發展。日本總領事親自上船拜訪，主張道：

「他們是來美國打工的德國工人，希望帶家屬出境。站在中立國的立場，幫助他們是應該的，就人道立場看來也合情合理。」

總領事強烈希望船長行個方便，讓他們上船。

日本總領事開口，換句話說，等同是大日本帝國的強烈希望。

受僱於民間公司的船長當然無法拒絕，不過——

臨要出航前，望著彷彿被什麼追趕似地倉皇爬上梯子的德國人，包括湯淺船長在內的「朱鷺丸」高級船員們，不禁默默交換眼色。

船客名冊上寫的是「德國工人及家屬」。

泰半是事實吧。

只是，當中顯然混入一群氣質截然不同的男子。

雖然是不起眼的工人打扮，但從走路方式、眼神、言行舉止看來，他們是同行，也就是船員——長年行船的「朱鷺丸」船員一目瞭然。

於是，自然會聯想到在舊金山聽聞的德國貨輪「日耳曼尼亞號」傳言。

在大西洋航行時，「日耳曼尼亞號」接到戰爭爆發的消息，立刻躲進墨西哥的韋拉克魯斯灣，將船精心僞裝，暫且潛伏。之後，伺機裝載大量燃料，試圖回國，卻很快被英國的驅逐艦發現，禁不住追趕而沉沒。

偶然行經的美國巡洋艦伸出援手，把他們當遇難船員收容。

據說，現在德國和英國都強烈要求接回船員，美國夾在中間非常爲難。

事實上，大西洋航線已封鎖。

從美國要去歐洲，通常必須搭中立國日本的船隻越過太平洋，利用同樣是中立國的蘇聯西伯利亞鐵路橫越大陸。

「朱鷺丸」的船員懷疑，那群可疑的男子就是「日耳曼尼亞號」的船員。德、美、日三國極可能祕密進行交涉，利害一致後才有這次的「霸王硬上船」。或者，也可能是最近黏著德國的日本陸軍強硬要求的。

不管怎樣，這都是把交戰的另一方英國排除在外的狀況。

德國船員一旦歸國，立刻會受德國海軍徵召。在英國看來，此舉無疑是幫助敵方增強兵力的對抗行爲，所以他們隱瞞身分，混在大批出國打工的勞工及家屬中搭乘「朱鷺丸」，還有幾名看似高級船員的人變成頭等艙的船客。可是——

萬一，英方發現怎麼辦？

以湯淺船長爲首，包括原一等船副在內的「朱鷺丸」高級船員會感到不安，也是當然的。

只不過，「朱鷺丸」一出航就遇上強烈暴風雨，船長以下的全體船員都已自顧不暇——

「那是什麼？」

左舷甲板上一陣騷動。

「……不會吧。」

「怎麼可能……太荒謬了……」

乘著海風斷斷續續傳來的話聲，都散發出不尋常的氣息。

內海的注意力離開填字遊戲，抬起頭，與原一等船副面面相覷。

此時，響起異常高亢的女子尖叫聲。

「不行！停住……別過來！」

內海心頭一驚，倏地站起，緊跟著趕過去的原船副。

穿過走道來到左舷甲板，一片異樣的光景映入視野。

剛剛船客還散布在甲板上及餐廳、讀書室等場所，悠然眺望左舷前方南洋初現的島影，現在卻都聚集在靠近船頭處，上半身探出欄杆，屏息凝視海面某一點。
內海與原船副默默交換眼神，快步橫越甲板，從聚集的乘客身旁眺望蔚藍的大海。
稍遠處的海面出現黑影。
黑影突然動了起來，朝「朱鷺丸」筆直前進。
可是，那個影子，該不會是——
不知是誰，發出絕望的呻吟。
「……是U艇。」

2

U艇（U-boat）。
德語「Untersee-boot」的簡寫，通常是「潛水艇」的意思。然而，用英文說出「U艇」，必然帶有某種情緒。
某種情緒。
也就是恐懼。
U艇是以破壞海上貿易爲目的，開發出的德國海軍祕密武器。
第一次世界大戰期間，U艇在大西洋上擊沉近五千三百艘敵國客、貨輪，將協約國，尤其是島國英國推入恐怖的深淵。

U艇的登場，從根本顛覆了以往對海上戰爭的概念。

在過去的戰爭中，軍人與民間人士，前線與大後方，交戰國與中立國的界限雖然模糊，畢竟還是存在。但U艇不同，只要是航行海上的船隻，不論敵國或中立國，無警告、無差別、無限制，一律發動攻擊，加以擊沉。

戰爭進入毫無區別的「總體戰」這種未知的局面。

悄悄潛藏在海面下的黑影。

進行攻擊之前如幽靈般無影無蹤的U艇，在第一次世界大戰期間，對往來大西洋的船員與船客來說，唯一的代名詞就是恐懼。

一九一八年，以德國、奧匈帝國爲主的同盟國敗北，第一次世界大戰宣告結束。敗戰的德國被禁止保有及新造任何U艇。

但是，一九三三年，奪得政權的納粹黨開始祕密建造U艇。

一九三九年九月一日，第二次世界大戰爆發的同時，納粹德國在大西洋配備五十七艘U艇，對敵國的客、貨輪展開無差別擊沉的攻勢。

新型U艇神出鬼沒，遠比一次大戰性能更佳，同盟國束手無策。

尤其是從英國殖民地開往母國的補給船，不斷在英國近海遭埋伏的U艇擊沉。據說，英國國內早早便出現物資短缺的嚴重問題……

不過，那一切都是**當下在打仗**的大西洋上的事。

遠離歐洲的太平洋，位於地球另一端的夏威夷近海，竟有德國的U艇出沒？怎麼可能——

內海快速思考著，緊盯海面。

海面正下方出現的巨大黑影，仍滑水般朝「朱鷺丸」筆直前進。

距離約莫還有八〇〇公尺。

此刻，黑影的輪廓已清晰可見。

那是——

黑影急速上浮，**躍出海面**。

「是鯨魚！」

甲板上轟然響起一陣歡呼。

眾人原本連一口大氣也不敢出，這下都紛紛安心地吁氣。或許是過度緊張，忽然放鬆後，有人當場癱坐……

內海不禁苦笑。

巨大的抹香鯨一路衝向「朱鷺丸」，恐怕**牠**當成是遊戲，只不過那樣看起來很像U艇。

杯弓蛇影。

這是因懼生怯的人類心理造成的滑稽誤會。

眞相大白後，船客之間頓時一片和樂融融。

陌生的船客互相拍肩，吃吃發笑，打趣彼此的狼狽模樣……

「傷腦筋，眞是特別的餘興節目。」

內海轉向原一等船副，皺著眉道。

「我想應該不至於，但那隻鯨魚該不會是大日本商船公司僱用的吧？」

內海嘲諷地指出，老實的原船副頓時滿臉通紅，尷尬地支支吾吾。

以船長爲首，習慣在太平洋上生活的「朱鷺丸」船員，照理一眼就能看出黑影其實是鯨魚。

然而，他們卻刻意保持沉默。

安然度過暴風雨，再幾小時就要進入火奴魯魯港。在缺乏娛樂的海上，爲了博船客一笑，來個小小的餘興節目——大概是這麼打算的吧。如今歐洲正進行血淋淋的戰爭，唯有在被稱爲「和平之海」的太平洋海域才容許這種玩笑。只不過……

「剛才的玩笑，對有些人來說也許太刺激了。」

沿著內海指的方向望去，原船副一臉驚愕。

一名嬌小的金髮年輕女子懷抱幼童，瞪大藍色眼睛，靠著船室壁板。她的肩膀劇烈起伏，臉色堪比刷白牆面的油漆，彷彿大白天撞見幽靈。

對於在大西洋上親身體驗過U艇的恐怖，簡直是「九死一生」的倖存者，這似乎是個**不好笑的玩笑**。

「哇，糟糕！」

原一等船副慌忙轉身，衝向女子。

他出聲和女子搭話，修長的身子彎成九十度，不停鞠躬道歉。

接著，他抱起幼童，護送女子回船艙……

目送原船副的背影離去，內海再度轉身，注視海上。

一望無垠的藍天與碧海，水平線上氤氳的雪白積雨雲。約莫是已接近島嶼，許多海鷗駐足帆桅，收起翅膀休息。

南洋樂園，夏威夷島的稜線清晰可見——

內海輕笑出聲，搖搖頭。

實在是難以想像，此時此刻，世界的另一端槍彈激烈交錯，炸彈轟隆爆炸，造成無數人們喪生。

3

離開擁擠的左舷甲板，內海獨自晃回右舷甲板。

一名中年男人站在內海剛剛坐的椅子旁邊。內海見狀，頓時停下腳步。

對方年約五十出頭，灰色小鬍子打理得很整齊，扈斗的下巴有道凹痕，白襯衫燙得筆挺，眼睛是深褐色。不，那種細節不重要，問題在於——

內海瞇起眼觀察對方，唇角浮現一絲笑意。

「有什麼事嗎？」

內海出聲走近，男人驚訝地轉過身。

「抱歉，這是你的嗎？」

男人指著桌上的報紙。

「我經過時無意間瞄到，所以……」

男人嘟囔著聳聳肩，向內海伸出手。

「我是傑佛瑞．摩根。在舊金山經營小型貿易公司。」

「內海脩，日本技術人員。」

結束船上結識者特有的簡單自我介紹，摩根略帶靦腆地搖頭道：

「只要看到沒解完的填字遊戲，我就忍不住手癢。噯，唯有這個毛病改不掉。眞是壞毛病。」

「那正好。不曉得能否借助閣下的智慧？其實我正感到棘手。」

內海莞爾一笑，催促摩根在旁邊坐下。

摩根一坐下，立刻摩拳擦掌地湊近報紙。

「好了，要從哪裡開始？」

「唔……你看這一題如何？波羅的海沿岸的湖沼地帶。剛剛出現過海神『波賽頓』，所以第一個字母是Ｐ。」

「波美拉尼亞（POMERANIA）？」

「嗯，這樣就九個字母了。很遺憾，只有七個空格。」

「噢，那一定是波莫瑞（POMORZE）（註）。」

「原來如此，我倒是沒想到。」

內海佩服地拍手，在空格塡上字母。

「那麼，這一題呢？棲息在水中的怪物，總共五個字母，第一個字是——」

…………

兩個大男人頭碰頭熱烈討論，原本顯眼的空格很快塡滿字母。

呼，內海吐出一口氣，抬起頭提議：

「我有點累了。先休息一下吧？」

「是嗎？我還好……不過，既然你這麼說……」

註：波美拉尼亞的波蘭文。

摩根看起來不太情願，有點惋惜地從剩下的題目收回視線。

此時，事務長恰巧經過，摩根請他送冷飲來。

兩個男人舉起飄浮著冰塊的高筒玻璃杯互敬。

「話說回來，剛剛的情形眞嚇人。」

內海拿著杯子，莞爾一笑。

「暴風雨好不容易平息，又出現U艇。」

「就是啊，實在是讓人笑不出來的玩笑。」

摩根喝一口飲料，皺著臉應道。

「船員一眼就看出那是鯨魚，居然不吭氣，開玩笑也該有個限度。傷腦筋，我以爲這次眞的完蛋了。」

「這是你第幾次碰上U艇？」

內海一問，摩根狐疑地蹙眉，轉過頭。

「什麼意思？」

「嗯，你方才不是說『這次』嗎……」

噢，摩根恍然大悟，點點頭。

「第一次世界大戰期間，赴歐做生意時遇過一次。當然，是在大西洋上。幸好，勉強逃過一劫……」

他似乎不太想談當時的遭遇。

爲了轉換話題，內海指著遠處甲板上的婦人，半開玩笑道：

「咦，瞧瞧，是波莫瑞。」

看似美國人的中年胖太太腳邊，一隻茶色小狗在打轉。

「波莫瑞，英文叫做波美拉尼亞，是波蘭北部、波羅的海沿岸湖沼地帶的歷史名稱。現在的博美犬，便是該地原產大型犬的改良品種。記得是這樣，沒錯吧？」

「沒錯……」

摩根瞥向帶著狗的婦人，皺起臉說：

「不過，波美拉尼亞──也就是現今波蘭的命運，感覺她們根本不在乎。傷腦筋，這些有錢的美國女人居然連乘船都要帶愛犬！在她們心目中，比起歐洲發生的戰爭，討好小狗才是重要大事。看到貴婦故意和小得可憐的狗崽黏在一起的肉麻樣子，實在教人目瞪口呆。」

「是啊，的確如你所說。」

內海一本正經地附和。

「而且，搞不好哪天同一位貴婦像乖巧的寵物一樣帶著走的，會是她的老公。」

摩根略一思索，隨即與內海互望，噗哧一笑。

「話說回來，你懂得眞多。」

內海的眼角微微留有笑意，開口道。

「我是指剛剛的題目。『某變奏曲』，沒想到答案會是『ENIGMA』，謎變奏曲。好像沒聽過吧？光靠我一個人，肯定最後都還空著。」

「謎變奏曲是英國作曲家愛德華．艾爾加的代表作之一。」

摩根洋洋得意地解釋，哼出一小段旋律。

「沒聽過嗎？是喔，眞可惜。ENIGMA，是希臘文的『謎』。據說艾爾加爲這首曲子的主題設計了謎題，至今仍沒能完全解開。」

「原來如此，不解之謎啊。」

內海點點頭，瞥向波光粼粼的大海，喃喃自語。

「一樣。」

「一樣？你是指什麼？」

「噯，就是德軍採用的最新密碼系統呀。」

內海面對摩根，泰然自若地悠哉回應。

「銅牆鐵壁、天下無敵，絕對無法解開的謎題，德軍用的密碼機——我記得就叫『ENIGMA』吧？」

摩根露出困惑的神情。

「抱歉，內海先生，你是從事……？」

「如同剛剛的自我介紹，只是個技術人員。」

內海輕輕搖手，繼續道：

「我以爲博學多聞的摩根先生一定曉得……看起來並非如此？『謎』密碼機原本是爲了商業用途而開發。在萊比錫的萬國郵政貿易博覽會上，我們公司曾買一台試用。之後，那玩意突然從市面上消失，我們正感到奇怪，就聽聞德軍已採用。對方是德軍，我們只好自認倒楣。那種密碼機相當不錯，但既然軍方要使用，想必又經過一番改良。」

「若是那玩意……對，我也聽過。」摩根苦著臉開口，「包括德軍是怎麼改良的。」

德軍將現有的商業密碼機電力化，成功開發出方便攜帶的小型密碼機。

原本的商業密碼機，利用三個轉盤（相當於編碼器），實現可處理百萬個字母以上的加密系統。德軍又追加可取出互換的轉盤，再插入接線板，就能輕易變更內部配線，產生天文數字般龐大的密碼組合，據說超過二百兆……

「二百兆種組合！」

聽著摩根的說明，內海不禁吹聲口哨。

「那麼，目前絕不可能解讀德軍的密碼文嘍？透過『謎』密碼機接受指令的德國U艇神出鬼沒，動向根本無法預測。」

摩根似乎內心一陣糾結，沉默片刻，終於忍不住冷笑道：

「眞是這樣嗎？我倒認爲，世上沒有所謂的『絕不可能』。」

「畢竟有二百兆種組合啊。」

內海目瞪口呆地應道。

「而且，每一台密碼機都因應目的，使用不同的識別信號（call sign）吧？總不可能逐一嘗試每種組合。否則，恐怕還沒破解密碼，戰爭便已結束。」

「即使如此，凡是人做出來的東西，無論是何種密碼，理論上必定能夠解讀，只要有小小的提示就行。」

「小小的提示是指？」

「比方，我想想……」

摩根的食指抵著眉心，繼續解釋。

「假設，我是說**假設**，現下有一篇預先知道內容的文章，如果再弄到同樣內容的密碼文，**兩者對照便能獲得破解的線索**。具體上，就是指破解密碼變換組合需要的『訊息金鑰』。這樣講你能理解嗎？到頭來，任何密碼都得看使用者是誰。」

「簡而言之，你的意思是當今最強、最無敵，號稱銅牆鐵壁的德軍『謎』密碼，到頭來就跟填字遊戲一樣嗎？憑藉些許提示便能解讀？」

「填字遊戲！你說得對極了。」

摩根彷彿認爲「此言深得我意」，猛然拍一下手。

「利用二十六個英文字母的塡字遊戲，光是談組合，六個字母的單字約有三億種。若是七個字母的單字，理論上超過八十億種組合。不過，我們能從那片組合汪洋中，輕易撿選出像是POMORZE的正確解答，只需要小小的提示。」

內海搖頭，無奈地嘆道：

「摩根先生，你果然非常聰明。不管多麼複雜的密碼，到你手上也會迎刃而解。看來最好別與你這種人爲敵，希望今後我們兩國的關係不會繼續惡化。」

「噢，內海先生。在這一點上，我和你的意見完全相同。」

摩根誇張地攤開雙手。

「不久前，日美通商條約失效，我感到非常遺憾。事實上，眼下日美貿易等於是無條約狀態。對雙方來說，今後都很難做生意……咦，哪裡好笑嗎？」

摩根察覺內海在苦笑，不悅地問。

「抱歉，我不是那個意思。」

內海擺擺手，微微聳肩，拿起桌上的報紙靈巧捲起，垂下目光解釋：

「我不是指日美關係，而是**日英關係**。**身為英國人的你**僞裝成美國人，持假護照進入日本會相當麻煩。」

「日英關係？假護照？」

摩根困惑地眨眼。

「內海先生，你似乎有嚴重的誤解。我是美國人，和英國毫無關係……」

「夠了，摩根先生——不，**路易斯·馬克勞德先生**，戲已演完。」

內海抬起眼，衝著錯愕的對方快活笑道：

「或者，以貴國祕密諜報機關慣用的代號『教授』稱呼閣下比較好？」

4

馬克勞德頓時血色全失，一臉慘白。

他瞪大雙眼，緩緩搖頭，彷彿飽受打擊般垂落目光，雙肩頹然垮下……

突然間，馬克勞德的上半身像裝了彈簧般彈起。

內海以捲起的報紙擋下對方猛力揮舞的左手，順勢壓制在桌上。

「看樣子，英國祕密諜報機關會指導諜報員如何使用刀子防身的傳聞，好像是眞的。」

他貼近對方，滿不在乎地耳語。

從旁看不出來，但內海手中的報紙已完全裹住出鞘的刀子。

剛剛馬克勞德彎身，是想拔出藏在褲腳的刀子。

可惜，內海早料到這一點，用預先捲好的報紙包覆刀子，順勢將馬克勞德的左手按在桌上，同時，另一手的兩根指頭抵住對方的頸動脈——

恍若波光粼粼中，須臾的白日夢。

縱使旁人偶然目擊，肯定也無法理解他們究竟發生什麼事。

「割斷頸動脈不需要刀子，指甲就夠了。」

內海判若兩人，在馬克勞德的耳邊冷冷低喃。

「既然受過訓練，你應該曉得，拔刀的瞬間勝負已定。假如對手是專家，刀子一旦拔出，就不可能再構成威脅。」

馬克勞德用力吞嚥口水，微微點頭，頓時全身虛脫。

內海拔出裹在報紙裡的刀子，迅速檢視。刀子雖小，卻是經過設計、便於握住的軍用刀。磨得銳利的短刃，別說是皮膚，恐怕連骨頭都能一刀砍斷。

內海手一轉，將刀柄遞向對方。

「請收下。」

馬克勞德默默搖頭，不肯接過。內海索性揚手直接拋入海中。刀光一閃，旋即消失在海浪間。

「……爲什麼？」

馬克勞德依舊面無血色，氣喘吁吁地問。

「你怎麼知道是我？」

「我有情報。」

內海神色自若，輕輕聳肩回答。

「英國祕密諜報機關的密碼專家『教授』突然自英國消失，八成是前往日本——蒐集情報可不是英國的專利。我們討論過各種狀況，認為你搭乘這艘船的機率最高，所以我才會在此恭候大駕。」

「但是……那應該不可能。他們明明告訴我沒問題……保證我的身分絕不會曝光……**就算是老友和家人也認不出來**。然而……究竟是為什麼……」

「噢，你指的是外貌吧？」

內海聳聳肩，慢條斯理地反問。

「的確，相較於我看過的照片，你的模樣差距甚大。不僅僅是髮色、髮型或留小鬍子之類的變裝，眼睛、鼻子與嘴唇的形狀也不一樣。還有，那個有凹痕的肩斗下巴。傷腦筋，我不得不向英國的整形醫療技術致敬。想想真諷刺，許多人在上次的歐洲大戰中失去身體的一部分，於是包括義手與義足，整形醫療有長足的進步。話說回來，連顎骨都動刀相當不容易吧？為了改變音質，還做聲帶手術？哎呀呀，實在辛苦。身高多了三公分，是穿內增高鞋？我唯一好奇的，是瞳眸的顏色——」

他眯起眼，湊近馬克勞德的臉孔。

「原來如此。為了掩飾醒目的綠眼珠，戴上超薄的褐色隱形眼鏡嗎？英國祕密諜報機闢費不少工夫。外貌經過大翻修，乍看的確認不出來。如你所言，哪怕是多年老友或家人，恐怕也認不出來。」

「可是，你一眼就識破。」

馬克勞德像劇烈咳嗽般，不停追問。

「雖然搭同一艘船，但啓程後我幾乎都待在房間，今天應該是頭一次遇見你。既然如此，爲什麼？老友與家人應該都認不出我，爲什麼你能看穿？」

「請別誤會。外貌的變化，反而會迷惑熟知你過去的人。」

內海聳肩繼續道。

「我不認識過去的你。我拿到的，是關於你的詳細情報——單就外貌來說，我只看過一次你的照片，並且和其他文件一樣，立刻被收回。照片這種東西，原本就會因拍攝手法的不同，影響拍攝對象呈現的面貌。因此，我受到的訓練就是與其相信照片，不如針對情報做綜合判斷——」

他直視馬克勞德，莞爾一笑。

「比方，英國諜報機關僱用的密碼專家『教授』有個毛病，**看到未完成的填字遊戲就會忍不住手癢。**」

馬克勞德失聲驚呼。

放在無人空桌上，未完成的塡字遊戲。

原來那是陷阱？

每個人多多少少都會有些習性或癖好。

愈是擁有特殊技藝、能力或感覺異常敏銳的人，愈會受到某方面的刺激影響，表現出特殊反應。馬克勞德的情況，就是對未完成的塡字遊戲特別執著。

這是爲了在大批人群中鎖定馬克勞德，引他上鉤，不動聲色精心布下的陷阱。不過——

馬克勞德瞇起眼。

即使如此，還是可能認錯人。說不定會是毫不相干的人，對未完成的塡字遊戲產生反應……

塡字遊戲本身是試紙？題目暗藏著關鍵字？內海是依據對方看到那些字眼的反應確認？玩塡字遊戲時，自己究竟不經意說出什麼……？

彷彿看透慌張的馬克勞德想法，內海吃吃笑道：

「其實，馬克勞德先生，從遠處瞧見你的瞬間，我就認出是你。塡字遊戲只是希望你放鬆，才邀你一起玩。請放心。」

馬克勞德咬著唇，最後，又回到起先的疑問。

「你怎麼曉得是我？我們從未見過面，爲何你一眼就知道是我？」

「因為耳朵的形狀。」

內海坦然自若地回答。

「耳朵？」

「耳朵就像指紋一樣，每個人都有特定的形狀。我看到的照片上，湊巧清楚拍出你的耳朵。我記得那個形狀。」

太荒謬了……

馬克勞德難以置信地瞪大雙眼。

只憑著一張瞄過一眼的照片。想必那是偷拍的照片，畫質不會太清晰。然而，內海不僅正確記住照片上的耳朵形狀，還根據這一點迅速認出特定人物？現實中真的辦得到嗎？

首先，內海剛才說「照片和其他文件一樣立刻收回」。不管是照片也好，其他情報也罷，拿到文件的當下就烙印在腦海，怎麼可能……但是，難不成——

記憶一隅靈光閃現。

這麼一提，以前聽過奇妙的傳聞。

數年前，日本陸軍內部成立祕密諜報機關。

據說，該機關彷彿是故意嘲笑日本陸軍對正統軍人的尊崇，招募的全是以優異成績自一般大學畢業的**非軍方**人士。

D機關。

日本陸軍內部半帶著厭惡與畏懼如此稱呼。

馬克勞德就是聯想起「D機關」甄選測驗的傳聞。

一名接受測驗的人，被問到從進入建築物行至考場的步數，及上樓的樓梯階數。另一名考生，必須回答太平洋某個小島在世界地圖上的位置，但地圖已巧妙移除小島。考生指出這點，對方又問攤開的地圖下放著哪些物品。此外，還有讓考生看幾段無意義的文句，過一會兒後，要求考生倒背出來……

非常「特別」（UNIQUE）。

這是馬克勞德聽到傳聞時，腦中首先浮現的感想。六個字母。

若是十個字母，就是「値得注目」（REMARKABLE）。

換成是塡字遊戲，想必是正確解答。

但是，難以相信現實中有人能通過那麼另類的測驗。就像「漂泊的荷蘭人」（這也是塡字遊戲經常出現的單字），肯定是以訛傳訛，過度誇大的傳聞。當初他如此認爲，但是——

要是眞有那樣「特別」，而且「値得注目」的甄選方式呢？

傳聞還有下文。

正確回答進入建築物後到考場爲止的步數及樓梯階數的考生，不等考官發問就自動說出途中經過的走廊有幾扇窗戶、是開是關，及玻璃有無破裂。

被問到地圖下有哪些物品的考生，不僅準確答出墨水瓶、書、茶杯、兩支筆、火柴、菸灰缸等十項物品，連書背上的書名，乃至菸蒂出自哪種牌子的香菸都鉅細靡遺地描述。面對倒背無意義文句的要求，該名考生也一字不漏地完成。

輕易通過奇妙測驗的十幾人，都是逸脫常軌的異能者。歷經各種挑戰精神與肉體極限的訓練，他們成爲D機關的諜報員，目前以上級指派的假身分、履歷、姓名潛伏世界各地，執行任務——

馬克勞德緩緩抬起頭，瞥向鄰座的內海側臉。

在亞洲人中，內海的輪廓算是很深。約莫二十五歲。五官端正，看起來頗有氣質。肌膚雪白細膩，說是女人也不會有人懷疑。

內海壓根不像要與敵國間諜正面對決，心情極佳地哼著歌——

馬克勞德認命閉上眼。

頓時，他再也想不起坐在旁邊的內海長什麼樣子。印象會如此淡薄，應該是對方刻意的吧。內海這個姓氏，八成也是捏造的……

此刻已無庸置疑。

內海——不，自稱「內海」、來歷不明的青年，是日本陸軍內部設立的異質祕密諜報機關送來的間諜。那麼，掛名英國祕密諜報機關，只是密碼專家的馬克勞德自然不是對手。

「眞是不可思議。」

內海望著水平線的彼方，悠哉地開口。

「待在海上一久，不覺得兩國之間的戰爭益發顯得荒謬可笑？尤其像這次遇上暴風雨，船如樹葉任由大自然擺布之際，我不禁想著人類爲何非得互相鬥爭、自相殘殺不可，愈深思愈無法理解。不管你是什麼國籍，搭乘同一艘船的人就是命運共同體。」

內海說著，莞爾一笑。

但是，馬克勞德似乎連話都不會說了，臉色蒼白，滿頭大汗。

「請別誤會。」

內海微微聳肩，攤開雙手表明毫無敵意。

「我無意傷害你。正好相反，『教授』，我是來幫助你的。」

相反？

日本的間諜，來幫助英國祕密諜報機關的密碼專家？

「這究竟是什麼意思……」

馬克勞德啞聲詢問，腦海倏地浮現另一則奇妙的傳聞。

不能自殺，不能殺人。

這是D機關諜報員的首要戒律。

以殲滅、自決爲原則的日本陸軍，絕不可能出現這種方針。D機關訂定否定其存在意義的行動規範，公然唱反調，不難想像會如何遭到忌恨與排擠。據說，創立及統領D機關的，是一個被稱爲「魔王」的男人，記得名叫——

「我的上司有話轉告。」

內海像要打斷馬克勞德的思緒，湊近低語。

「那邊已安排妥當。一抵達橫濱，日本憲警就會登船逮捕你，建議最好在夏威夷下船。」

內海逕自說完，又靠回椅背。

馬克勞德瞇起眼，打量俊秀的內海故作正經的表情。

——原來如此，是這麼回事啊……

馬克勞德暗自嘀咕。

枉費他辛苦變裝，還是被日本間諜內海識破身分。但是，對方想必事先得知他會易容變裝，搭船前往日本。問題在於，日方怎會獲得這種情報。換句話說——

馬克勞德咬著唇，死心似地搖搖頭，直視內海道：

「你上司轉告的話，我確實收到了。我……唔，雖然遺憾，決定改變行程在夏威夷下船。」

「好主意，這肯定會是愉快的假期。」

內海微笑點頭，馬克勞德微微抬手繼續道：

「還有，請原諒我剛才的行爲。我以爲……是刻耳柏洛斯。」

刻耳柏洛斯？

內海微微蹙眉。

「沒什麼，當我沒說。」

馬克勞德聳聳肩。

此時，聚在甲板上的人群中，再度響起尖叫。

「有船！軍艦在靠近！」

有「和平之海」之稱的夏威夷近海，居然出現軍艦？怎麼可能……

內海與馬克勞德同時自椅子起身。

越過指指點點的人群，往海面望去，只見前方出現的渺小船影，乘風破浪朝「朱鷺丸」筆直接近。

轉眼間，漆成灰色的船身愈來愈大。

那艘船的前後方，各有兩座三連裝的炮塔。

「是日本軍艦！」

「一定是擔心『朱鷺丸』遭遇暴風雨，特地來迎接的。」

日本船客之間，響起興奮的談論聲。

軍艦行進的路徑略微轉斜，眾人才看清船尾飄揚的軍艦旗幟。

「不對，那不是日本軍艦的旗幟！」

甲板上傳來近似悲鳴的驚呼。

「是哪裡的船？該不會是……」

「天啊，怎會這樣。」

身旁的年輕外國船客，以德語喘息般低喃。

「那是……」

光天化日下，**英國軍艦**的刺眼探照燈投向「朱鷺丸」，後方的炮塔突然朝天發射一枚空炮。

5

「朱鷺丸」的甲板上彷彿時間凍結般鴉雀無聲，下一秒便充斥著女性船客的尖叫。

享受著進港前安寧時光的旅客，旋即如小蜘蛛四散逃開。只剩穿制服的船員，及內海與馬克勞德等幾名男性船客。原一等船副神情十分緊張。

在留守眾人的屏息注視下，英國軍艦的船桅緩緩升起旗子。

L旗。

那是代表「立刻停船」的旗號。

甲板上的男人們陷入沉默，不約而同仰望艦橋。

湯淺船長想必正抓著望遠鏡，緊盯英國軍艦的動向。

收到停船命令時，國際法規定禁止使用無線電。無線電必定會遭到截聽，即使訊息內容加密，也沒辦法掩飾使用過的事實。

別說是母國日本，就算是對近海的日本海軍，也不能以無線電請求援助。若執意用無線電，視同「遭受炮擊也不會有怨言」。

現下只能完全仰賴船長的判斷。

湯淺船長的決定，或許會導致英國軍艦瞄準「朱鷺丸」的炮塔，發射實彈……

「朱鷺丸」四座柴油引擎低微的——以往幾乎不會發覺的震動，讓眾人重新意識到危險的逼近。

忽然間，引擎震動聲消失。

出航以來，像空氣般理所當然存在的引擎聲消失，奇異的安靜降臨。

引擎停止運轉。

湯淺船長做出苦澀的抉擇。

確認引擎停止運轉後，英國軍艦的船桅掛出別的旗子。

D／L／1旗。

——我方將派出小艇。

英國軍艦改變方向，與靜止的朱鷺丸平行。移動期間，前後各二座炮塔始終對準「朱鷺丸」的艦橋。

此時，可清楚看見英國水兵忙著準備放下小艇。

兩船的距離近到舷側幾乎相接。

要是對方發射炮彈，艦橋根本不堪一擊……

不可能逃跑。

不管有何企圖，來自英國軍艦的「不速之客」，遲早會登上「朱鷺丸」。

「哎呀，眞是驚人。」

站在內海身旁的馬克勞德，微微吐出一口氣，搖頭道。

「這正是所謂的天有不測風雲。」

內海瞄馬克勞德一眼，狐疑地皺眉。

英國軍艦的出現，似乎也在馬克勞德的意料之外。

「你們日本諺語怎麼形容這種情況？砧板上的魚肉？」

馬克勞德如此放話，浮現與剛才截然不同的得意神色。

「看來現在只能耐心等待。那麼，留在這種地方也沒用，回座位繼續吧。」

繼續？

內海默默以眼神反問。

「你怎麼能忘了呢。」

馬克勞德戲謔應道。

「填字遊戲還沒完成。趁他們上船前，趕緊完成吧。」

「剩下哪裡沒填？」

如同先前，馬克勞德在右舷甲板的椅子坐下，攤開尚未完成的填字遊戲，興沖沖地搓著手嘟囔。

「啊，是這裡，這裡。提示是『伏特加與番茄』。十個空格，第三個字與第四個字都是『O』。你曉得是什麼字嗎？」

他詢問坐在對面的內海。

「……BLOODYMARY（血腥瑪麗）。」

「英國女王嗎？果然是丈八燈台照遠不照近。」

馬克勞德一筆一畫悉心填入字母，滿足地低喃。

「話說，這下情勢逆轉了。一旦我表明身分，英軍會不容分辯地逮捕你。」

「談不上逆轉吧。」

內海面無表情地回答。

「他們為何要上這艘船？結果得視其目的而定。首先，想逮捕我，你必須先公開自己的身分……算是不分勝負吧。」

「你可別小看我。」

馬克勞德填完空格，抬頭冷笑道：

「以你的本事，應該早就察覺。英國軍艦的目標，是『朱鷺丸』上的德國船客。之前英國已向日本政府發函『請勿讓德國的技術人員、徵兵適齡者，及涉嫌從事宣傳謀略活動者乘船』。換句話說，至少符合這些條件的德國船客，被英軍逮捕是理所當然的。

但是，**中立國**日本的客船遭到英國軍艦臨檢，**日本的友好國**德國的船客被成批帶走。消息傳回去，日本國內的反英派肯定會鬧事。等『朱鷺丸』進入橫濱港，大概已鬧得雞飛狗跳。只要沒有你，我隨便使個法子都能瞞過日本憲警的眼睛，趁亂入境很簡單。至於藏身的方法，早就安排妥當。我也有自尊，不會任憑你們擺布。入境躲起來之後的事——哎，到時我再想辦法。」

內海默默皺眉。的確，馬克勞德的論調並沒有錯。不過——

「剩下的空格是……不，等等，這是……」

馬克勞德的視線停在接近完成的填字遊戲某處。忽然，他臉色一變，皺著臉將筆一扔。

「唉，有時也會遇到這種情況。」

他苦澀地咕噥，搞不清是針對什麼的感想。

馬克勞德起身，取過留在桌上、冰塊已溶化的杯子，朝內海舉高，以日語說：

「內海，莎喲娜拉。乾杯！」

內海面無表情，舉起自己那同樣冰塊已溶化的杯子。就在這時——

發生不尋常的狀況。

喝光飲料的馬克勞德，愕然睜大雙眼。

不，不只是眼睛。馬克勞德彷彿想叫喊似地張大嘴巴，又默默閉上。他憤恨地瞪著內海，咬緊臼齒，眼球像是隨時會蹦出來。

微啓的唇間，斷續擠出隻字片語。

「你……果然……刻耳柏……」

後面的話聽不清楚。

唇角冒出的不再是話語，而是血沫。下一瞬間，馬克勞德猶如牽線木偶，頹然癱在椅子上。

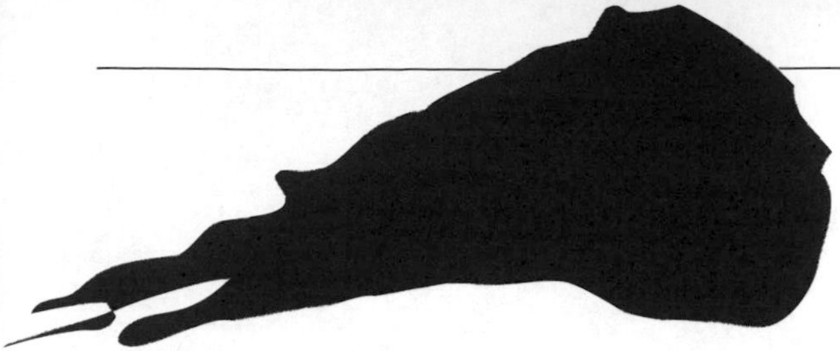

代號刻耳柏洛斯　後篇

6

下午一點十八分。

一群穿救生衣的男人，從打橫緊靠在左舷門下的英軍小艇依序攀爬繩梯，出現在「朱鷺丸」的甲板上。

單就服裝判斷，「不速之客」包括三名士官、九名水兵，共計十二人，全都持有手槍或輕機槍。停靠在左舷下方的小艇上，還可見到相同裝備的一名士官與五名水兵。

湯淺船長走下艦橋，在頭等艙甲板與三名英國士官對峙。船長背後，跟著原一等船副及「朱鷺丸」的兩名船員。很遺憾，他們身上都沒有武器。

「爲什麼叫我們停船？請解釋一下是怎麼回事。」

湯淺船長不顯一絲畏怯，以高格調的純正英語強硬質問。

一名灰眼高瘦的英國士官上前一步，代表開口：

「航行期間，以這種方式令貴船停駛非常抱歉。但是，我們收到的情報，指稱貴船載有我們大英帝國的敵國人民。若是事實，請把那些人交給我們。」

態度客氣，卻帶著不容分說的霸道——果然像英國人的作風。

湯淺船長毫不畏懼地應道：

「我不太懂你的意思，敵國人民是指誰？」

「這還用說，當然是指與我們大英帝國交戰中的德國國民。我再詢問一次，『朱鷺丸』上有德國船客嗎？」

「的確有德國籍的客人。」

「那麼，請立刻交出他們。即使依國際法，我方也有權要求你們交人。」

「我沒理由答應。國際法上，僅能要求引渡軍人及軍方文職人員。」

「我方認定這艘船上的德國人，就是軍方文職人員。」

「只因是德國人，就認定他們是軍方文職人員，這不成理由。而且，德國籍的船客大多是婦女與孩童，指稱他們是文職人員，縱使依國際法也說不過去。」

「這樣吧，讓我們逐一盤查德國船客，確定是軍方文職人員才帶走。閣下同意嗎？」

「不行，我不可能同意。」

湯淺船長斷然拒絕，英國士官詫異地瞪圓雙眼。

「這話挺奇怪的。基本上，貴船現在沒有立場拒絕我方的臨檢吧？」

說著，他瞥向海上的英國軍艦。

軍艦配備的四座十二門大炮，露出黝黑的炮口，直接瞄準「朱鷺丸」。

「若是打算以槍炮威脅，強行登船臨檢，一開始就不必搬出國際法。」

湯淺船長一臉不悅，冷然望著英國士官的身後。

「基本上，我們連貴艦的艦名都不知道，怎麼可能同意。」
九名英國水兵緊張地拿著輕機槍。他們的帽子上，原本應該標示的所屬艦名已撕除。
海上的英國軍艦也重漆側面，抹去艦名。
「我是湯淺船長，『朱鷺丸』的船長。」
湯淺船長收回視線，緩緩開口。
「輪到閣下報上姓名，貴艦叫做什麼？」
「無名。」
英國士官滿不在乎地回答。
「基於戰略考量，不便告知艦名。我個人的姓名也一樣。」
「哼。不報名字，持槍威脅，還想強行帶走人——簡直跟海盜沒兩樣。」
「沒辦法，我國目前正在打仗。」
士官聳聳肩，轉身對背後的水兵下令：
「現在開始訊問德國船客。確保乘客名冊，仔細和我們的名單對照。凡是德國籍的都要調查，通通帶過來，一個也不准放過！」
然後，他再次轉身，從腰帶抽出手槍抵著原一等船副。
「麻煩交出乘客名冊。」
措詞依舊十分客氣，但那冰冷的話聲，清楚昭示違抗命令的後果。

訊問地點選在「朱鷺丸」的頭等艙談話室。

英國水兵在船內巡邏，一發現德國人，就持槍抵著對方帶至談話室。

內海壓低白色巴拿馬草帽，蓋住眼睛，繼續坐在右舷甲板的椅子上，豎耳留意四周動靜。

英國水兵不斷慌慌張張地跑過眼前的步道。

其中一人停下腳步，命令內海：

「臉給我瞧瞧！」

他掀起帽簷。

「喂，你是日本人吧？叫什麼名字？」

內海。內海脩。

報出姓名後，內海食指抵在唇上，要對方保持安靜。

聽他這麼一說，英國水兵才發現牆邊椅子上坐著一個男人。

那個閉眼垂頭、深深陷在椅子裡的男人，乍看是美國人——至少不像德國人。大概是他靜悄悄的，所以沒引起注意。

水兵望著沉睡的男人，忽然感到有些不對勁。太過無聲無息，簡直像……不，但是……應該不會吧——

「他眞的是在睡覺嗎？」

水兵低聲向內海確認。

「這麼大的騷動，他還睡得著？該不會是哪裡不舒服吧？」

內海傾身向前，同樣低聲回答：

「不管再怎麼吵鬧，他都不會受到影響。因爲他已經死了。」

對方八成以爲是在開玩笑。

只見水兵伸手碰觸男人，發現眞的斷氣，頓時發出足以吵醒死者的尖叫，跌跌撞撞地跑去找同伴。

凌亂的腳步聲接近，一群人擋住陽光。

從帽簷下抬眼的內海，看清面前站著一名高眺的英國士官。兩名水兵尾隨在後。

「抱歉，請問是內海先生嗎？」

見他默默點頭，英國士官的視線移向空椅子。

「方便跟你一起坐嗎？」

「這個嘛，我不太確定。」

內海戲謔地低喃，嘻嘻笑著。

「原本只有付船資的人才能使用這張椅子……放心，沒關係。請坐吧，不過千萬別告訴這艘船的船員。」

內海半開玩笑地同意。英國士官在他身旁的椅子坐下，隨即開口：

「那麼，內海先生，想請你說明幾件事。」

「儘管問。」

「那我就不拐彎抹角了。死在那邊的是什麼人？」

「傑佛瑞．摩根，美國人，在舊金山經營小型貿易公司——他自己是這麼說的。」

「你們認識嗎？」

「要看你怎麼定義『認識』。」

內海皺眉回答。

「我剛剛在這裡遇見他，然後一起玩填字遊戲。他嘛，對，是個相當高明的玩家。就這角度而言，我們的確算是認識；另一方面，除了自我介紹的內容，我對他一無所悉，在此一意義上不算認識。」

「意思是，由於那點程度的認識，你特地留下……該怎麼說，呃……」

「看守他的屍體？」

「坦白講，就是這樣。」

「如同剛才提到的，我和摩根先生偶然相遇，一起玩填字遊戲。不料，填字遊戲還沒完成，就受你們干擾。」

「眞是抱歉。不過，我們打擾塡字遊戲，和摩根先生的死亡，有什麼關係？」

「我也不知道。」

內海聳聳肩。

「我們各自起身離席。回來後，我就發現摩根先生坐在椅子上，早已斷氣。」

內海一頓，探身湊近對方，繼續道：

「因爲你們的出現，船上一團混亂。雖然不清楚摩根先生的死因，但在古怪的時間點發現古怪的屍體，可能會引發更大的混亂。何況，這艘船上有許多婦女，最好不要引起不必要的騷動。所以，我留在原地看守屍體。唔，就是這麼回事。」

英國士官瞇起眼，灰色瞳眸打量著內海，明顯流露出懷疑的神色。他沒收回視線，殷勤地開口：

「內海先生，多虧你，我們才得以避免無謂的騷動。非常感謝你的協助。就當摩根先生是急病發作，先把他送到醫務室吧。」

「也好。」

內海微微聳肩。

「後續就交由你處理，我失陪了。」

語畢，內海旋即站起，英國士官慌忙挽留。

「等等，希望你跟我們一起走。我想再詳細請教一下發現屍體時的狀況。」

「傷腦筋，要再講一次嗎？」

內海拎起帽子，抓抓腦袋。

「眞麻煩。不過，算了，沒辦法。我就跟你們一起走吧。」

內海尾隨著士官，像遭武裝的水兵包夾般邁出腳步。

——到此爲止，一切都按計畫進行。

內海隨手戴上帽子，浮現一絲滿意的笑容。

7

四週前，他被找了過去。

敲門走進房內，只見一道黑色人影背對明亮的窗子坐在辦公桌前。

他瞇起眼適應光線，將焦點對準人影。

那是個約莫五十歲的瘦削男子，留長的頭髮梳得服貼，一身低調的灰西裝，實在不像軍方人士——

他就是結城中校。

如假包換的高級軍官，統領大日本帝國陸軍內部設立的祕密諜報機關，通稱「D機關」。結城中校專門選拔在一般大學受教育的人，培養成能幹的間諜。在視非軍方人士爲

「地方人」的日本軍中，這是極不尋常的方針。

至今軍中高層仍視D機關如蛇蠍，「起用非軍方人士的諜報組織，等於是混進箱裡的爛橘子。他們一定會把整個軍方搞垮。」如此憤慨表示的人也不少。但是，結城中校毫不介意，憑藉優異的成果逐步擴展組織的活動範圍……

他臨時在腦中整理情報，嘴邊浮現一絲苦笑。

反射性地整理、反芻視野內所有人物的情報，是在D機關受訓的副作用。不過，雖是直屬長官，在D機關成員的心目中，結城中校仍是巨大的謎團。公諸於世的都是假經歷，平時培訓生見到的外表，想必也不是他的眞面目。

魔王。

D機關的培訓生，半懷著畏懼與敬意，如此稱呼結城中校。

走近之後，結城中校冷然抬眼，輕努下巴示意他看桌上的報紙。

每日電訊報。

這是英國發行的日報。日期爲一週前。

他拿起來迅速瀏覽內容。

頭版頭條是英國政府關於開戰的決定。但是，不對。不是這一則。結城中校不可能爲了徵求他對一篇早就知道的報導有何意見，特地把他叫來。頭條下方是英國國民在戰時的注意事項……也不是。翻到下一頁……對交戰國德國的聲明……物資配給情報……皇室八卦新聞……全都不像足以引起結城中校興趣的情報。那麼，會是什麼？然後是……

翻開的版面一角吸引他的視線。

乍看之下，那是平凡無奇的填字遊戲。

世界上再也找不到比英國人更熱愛填字遊戲的民族。不管祖國正在打仗，還是瀕臨亡國危機，英文報紙照樣會刊出新的填字遊戲。只不過，這是——

他在腦中重新確認情報。

沒錯。

填字遊戲答案使用的英文字彙，遠遠超出每日電訊報一般讀者的智力水準。不只是報紙內容，填字遊戲通常也會配合讀者的智力程度來設定難度。太難或太簡單，都會失去意義。

填字遊戲的下方，附帶一行不顯眼的小字。

「能夠在十分鐘內解出這個填字遊戲的人，請與編輯部聯絡。」

這是一般填字遊戲看不到的附註。如此說來——

他抬起頭開口：

「出題者，八成是英國的祕密諜報機關。這應該是密碼解讀小組招募人員的一環吧。」

他直截了當地說完，結城中校沉默地微微頷首。

在歐洲大陸，德軍持續勢如破竹地進攻。

面對德國號稱「閃電戰」的新戰略，同盟國軍隊幾乎毫無招架之力，被迫一再撤退。

「閃電戰」。

高速移動的戰車部隊突然出現，攻破前線。戰車一齊炮擊的同時，最新銳的俯衝轟炸機斯圖卡（Stuka）列隊飛來，不斷急速下降進行轟炸。之後，乘坐快速運輸車的步兵大部隊一口氣攻陷敵方陣地——

尤其是轟炸機急速俯衝時劃破空氣的尖銳聲響，造成極大的恫赫作用，往往令同盟國軍隊喪失戰意。

閃電戰能夠執行，是德國兩大近代工業技術的成果。

其一，當然就是開發出能夠高速移動的戰車部隊及俯衝轟炸的高性能戰鬥機（在開發殺人兵器方面，充分發揮德國民族的勤勞與高度能力）。

另一個，則是實現迅速安全的通信系統——「謎」密碼機。

閃電戰的要點，是在敵人意想不到的地點迅速集結戰車部隊，一口氣突破前線，配合急速俯衝的轟炸機展開攻擊，繼而藉快速運輸車大量投入步兵，占領陣地。

成功的關鍵，在於必須同時向所有部隊下達攻擊命令。

因此，命令的傳達速度非常重要，必定會使用無線電。只是，無線電也有不分敵我都可截聽的致命缺點。

倘若作戰地點與時間提前外洩，閃電戰根本毫無用武之地。閃電戰的執行命令，得確實傳達指揮官的調度，又不能讓敵方看透。換句話說，由於開發出無法破解的密碼系統，才產生這樣的戰略計畫。

從戰車部隊到戰鬥機，全配備有小型輕量便於攜帶、用蓄電池也能驅動的「謎」密碼機，實現了同步作戰計畫。

「謎」密碼號稱擁有二百兆到三百兆種組合，哪怕敵方攔截作戰命令，也不可能預先得知攻擊地點與時間。

在德國海軍的祕密武器U艇上，小型的「謎」密碼機也發揮了威力。

開發出「謎」密碼機前，在海面下潛行的U艇，一旦出港便只能單獨行動，埋伏在敵國商船的航線上，或攻擊偶遇的敵船。

多虧「謎」密碼機的登場，U艇得以施展「狼群戰術」。

一旦發現在海上航行的同盟國運輸船隊，可利用「謎」密碼機聯絡其他U艇。集結十幾二十艘U艇後，各自鎖定目標，暗中展開攻擊。

一如饑餓的狼群襲擊獵物。

U艇的「狼群擊術」，造成同盟國的運輸船隊莫大損害。運輸船隊全軍覆沒的情況，也不在少數。

軍事大國法國猝然投降後，英國便成爲同盟國軍隊的核心。包括糧食在內，英國的資源幾乎都仰賴海外的屬地及殖民地。如同「閃電戰」令前線士兵喪失戰意，U艇的「狼群戰術」奪走大後方的英國國民鬥志，厭戰的氛圍快速瀰漫。

納粹德國視英國投降爲戰爭目標之一，這簡直是求之不得的發展。

在「謎」密碼機的幫助下，「閃電戰」乃至「狼群戰術」才可能實行。

這種形似小型打字機的機器所運作的密碼系統，說是左右二次世界大戰走向的拱頂石（註）亦不爲過。

——近日之內，英國祕密諜報機關必定會成立「謎」密碼破解小組。

德軍在歐洲展開閃電進攻不久，結城中校如此預言。

這個想法本身並不特別。

事實上，幾乎是同一時間，日本陸軍參謀本部也熱烈議論：

「現在德國納粹的軍事作戰，大半都依賴『謎』密碼。英國與德國開戰，會盯上這玩意是理所當然。」

陸軍參謀本部的密碼班甚至全員出動，徹底檢討破解「謎」密碼的可能性。

經過各種角度的研究後，他們得出結論：

——「謎」密碼是不可能破解的。

大日本帝國陸軍參謀本部的密碼班成員，都是以頂尖成績自陸軍士官學校、陸軍大學畢業的菁英。他們既然做出不可能的結論，就是**絕對不可能**。哪怕英國成立破解小組，結論也不會改變。

謹慎起見，報告書的結論還有這麼一段：

「德軍每天都會更新密碼簿，加上操作員會隨機設定加密金鑰，充分防止敵方破解。因此，即使英國意外得到『謎』密碼機本體，甚至是德軍使用的密碼簿，要在實際作戰時破解或反向利用都絕無可能。」

陸軍高層看過報告後，會感到安心不是沒有理由。

因爲日本陸軍使用的密碼系統，與德國的「謎」密碼原理相同。

數年前，納粹德國元首希特勒曾提供「謎」密碼機的試驗品，給同屬**軸心國**的日本與義大利。「謎」密碼最自豪銅牆鐵壁般的機密性，其中關鍵不在密碼機本體，而是系統的運作方式。希特勒聰明地看穿這一點，心知提供密碼機的試驗品，也不會受到威脅。相反地，日本與義大利運用類似的密碼系統，敵國英國應該會更混亂。基於這樣的考量，希特勒才有此舉動。

事實上，日本陸軍的確利用納粹德國提供的「謎」密碼機的架構，創造出名爲「紫」

註：keystone，位於拱型建築最頂端的石塊，用來承受、平衡兩邊的壓力，乃關鍵之石。

密碼的獨特密碼系統。

過去，不僅在軍中，連外務省內部也有輕視密碼的傾向。

「日語是自開天闢地的神話時代，傳承下來的神聖語言。」

「不用直寫卻用橫寫的番邦蠻夷，怎麼可能理解纖細奧妙的日語。」

如此大言不慚的人，至今不絕。

反過來看，這些人只不過是將自身不擅長學習外語的弱點正當化，隨著「神國日本」之類的說法流傳廣布，尊崇日語被視為正道。

輕蔑學習外語及密碼必要性的人，自國際會議的會場以（未加密的）普通文字將會議方針打電報回國，任由與會各國看穿底牌。這種匪夷所思的荒謬舉動一再重演，自然令日本的國家利益受到嚴重損害。現今日本在國際社會遭到孤立，便是這些軍人、政客、官僚輕視密碼的粗糙外交政策所造成。

三年前，在中國陷入戰爭的泥沼以來，日本軍方終於痛切體會密碼的重要性，於是自行改良德國的「謎」密碼，進一步創造出「紫」密碼。

萬一「謎」密碼遭到破解，「紫」密碼也難保安全。

「謎」密碼絕不可能被破解。

密碼班的結論，意即今後日軍完全不必為密碼方面擔憂。

然而，參謀本部的這份報告，結城中校只看一眼就丟進垃圾桶，接著便召集培訓生，冷漠地吩咐：

「德軍的作戰依賴『謎』密碼，只要這玩意繼續有效，英法在近期內必定會成立密碼破解小組。他們大概要挑戰把「不可能」變成「可能」。不管是哪種密碼，遲早都會遭到破解。畢竟利用無線電下達的加密命令，一定會被對手截聽，並進行解讀。今後也要謹記這一點行動！」

培訓生們理所當然地接受結城中校的話。

——在這世上，根本沒有所謂絕對正確的解答。

D機關早就不厭其煩地提醒過這一點。

結城中校將一本檔案推向桌上。

檔案名稱爲「內海脩」。

這是此次作戰要用的假名。檔案夾中的文件，想必詳細記載著作戰期間應該具備的假經歷。

接下檔案的瞬間，作戰便已開始。

內海打開檔案夾，翻閱文件，頭也不抬地問：

「這次的作戰目的是什麼？若要監視英國的密碼破解小組，應該早就派人了。」

只是輔佐任務，就敬謝不敏。

言外之意如此暗示。

結城中校的表情不變，給他另一本檔案。

報告書的開頭，以迴紋針別著一張疑似偷拍的照片，中央一名側著臉的男子頭部被紅筆圈起。

「路易斯．馬克勞德。上次歐洲發生戰爭時，被英國祕密諜報機關僱用，專門負責破解德國密碼。」

結城中校不帶一絲感情，低聲道出重點。

此人的專長是語言學，戰後沒回大學任教，成爲英國祕密諜報機關破解密碼的核心人物。代號是「教授」。

「最近他自英國消失，好像是打算變裝進入日本。」

內海這才從檔案上收回視線，抬起頭，手指彈著照片問：

「所以，要怎麼處理這傢伙？」

「阻止他來日本。」

——原來如此。

內海輕輕撇唇。

簡而言之，這次的任務，就是「鎖定某個試圖變裝潛入日本的英國間諜，進行接觸，讓他放棄前往日本的念頭」。

說起來倒是簡單。

問題在於，根本不清楚他是怎麼變裝的——

內海拿起附在檔案上的馬克勞德照片。

外貌的線索，只有一張偷拍的照片。不過，反正對方肯定已易容，找出特徵即可……

結城中校雙肘靠在桌上，十指交握，望著內海。

辦得到嗎？

這樣的反問是多餘的。

「那麼，具體上該怎麼做？」

「馬克勞德去了美國。考量到他的狀況，要來日本只能搭乘行經太平洋的船。在船上逮住那傢伙，迫使他在夏威夷下船。然後，你直接回日本，馬克勞德交由當地的人接手。」

捕捉，令其失去效用。

這是對付間諜的基本戰略。

交由當地人接手處理，大概是打算利用他進行反間諜工作。

內海迅速翻閱剩下的內容，大致瀏覽完後，直接還給結城中校。

必要的情報全部記在腦中。

足以成爲證據的紙本資料一概不留。

這就是D機關的作法。

內海抵達美國後，查出馬克勞德化名「傑佛瑞．摩根」，企圖搭乘「朱鷺丸」。美國西岸開往日本的船隻有限，船票一律採用預約制。既然已知他會搭船赴日，不管外貌再怎麼改變，在受過D機關訓練的內海眼中，「美國貿易商傑佛瑞．摩根」無疑就是英國人路易斯．馬克勞德的僞裝。

但是，從舊金山港起程後，「朱鷺丸」便遭暴風雨襲擊，導致內海遲遲找不到機會與馬克勞德單獨交談。

不過，與目標對象的接觸，他原本就不寄望於偶然。

打一上船，他就盤算著在餐廳或吸菸室**假裝偶然**接近，伺機單獨交談。可惜，船晃得太厲害，許多乘客都飽受暈船之苦，寧願不去餐廳、酒吧及吸菸室。麻煩的是，馬克勞德＝摩根也是其中一人。

於是，內海只好偷偷借用行李員的制服，喬裝成服務生試圖進入馬克勞德的房間。但不知爲何，不論是誰，馬克勞德一概拒於門外。不讓服務生清掃房間，必要物品則叫人放在房門前。而且，他會先從門上貓眼確認走道無人，才迅速開門把東西拉進去，非常小心。

使出強硬手段，萬一引起騷動，未免得不償失。

好不容易等到暴風雨平息，在進入夏威夷港的前夕，頭等艙船客的專用甲板上是最後、也最方便的機會。

以未完成的填字遊戲爲餌，內海順利捕捉馬克勞德，令他失去效用。

作戰終了。

本該是這樣，可是——

發生意料之外的狀況。

在太平洋夏威夷海域這片遠離戰場的中立地帶，英國軍艦突然出現，命令「朱鷺丸」停船。之後，就在內海的眼前，馬克勞德離奇猝死。

確認馬克勞德已死，內海當下抹去他嘴邊的血沫，闔上眼皮，調整成彷彿在睡覺的姿勢。

然後，他仔細觀察登船臨檢的九名英國水兵，選出最適當的對象。那個水兵會向內海搭話並非偶然，內海藉著不起眼的小動作，引起他的注意。發現馬克勞德屍體的**膽小水兵**，果然大呼小叫，把擔任這次作戰指揮官的英國士官找來。

面對指揮官時，內海只要直接主張：

——我在看守屍體。

這麼一來，指揮官肯定會起疑，不得不主動邀內海參與，好進行詳細調查。

經過計算後，內海才採取行動。

爲了找出命案的眞相，只能親自走入漩渦中心。

不入虎穴，焉得虎子。

對於本該是「隱形人」的間諜，這是個危險的賭注，但此外別無他法。

8

內海跟著高瘦的英國指揮官，進入頭等艙談話室一看，德國船客正在接受訊問。聚集的德國船客約有二十人，都是成年男子。婦女與孩童似乎一開始就被排除在調查對象外。

另一頭的角落，坐著神情極度不悅的湯淺船長，原一等船副緊張地站在一旁，還有幾名日本船員。

英國指揮官帶內海到室內一隅，附耳要他稍待片刻。

「我先問完他們。」

語畢，他便離開內海身邊。

「朱鷺丸」的頭等艙談話室，以裝飾藝術風格的優美家具及閒適的氛圍爲賣點。不過，一下擠進這麼多人，實在令人有點喘不過氣。滿屋子都是臭烘烘的男性，加上全板著臉不吭聲，導致氣氛更差。

英國指揮官走到成排的德國船客前方。

他帶著原一等船副提供的船客名冊，對照從軍艦帶來的名單，目光射向一名德國船客。那人年約五十，體格壯碩，一臉白色鬍鬚。英國指揮官確認對方懂英文後，客氣地要求對方拿出護照。

幾名武裝的英國水兵守在牆邊。

拒絕是不可能的。

對方不情不願地遞上護照。

比對護照上的照片與本人的臉孔後，英國指揮官冷冷宣布：

「我們要扣留你。」

一句話都沒問，也沒說明扣留的理由。

幾名德國船客立刻脹紅臉。以德語低聲打抱不平，人牆中揮起幾個拳頭。

守衛的英國水兵渾身一僵，從腰帶抽出手槍。

室內霎時一陣緊張。

德國人赤手空拳，沒有其他抗議的方法。他們放棄似地閉上嘴，聳聳肩膀。

英國指揮官若無其事，眉頭連皺都沒皺一下，逐一要求其他德國船客拿出護照。

比對名單後，不分船客等級，又宣布扣留數人。

依舊沒進行任何詢問，也沒說明扣留理由。

不過，英德雙方，乃至被喊來當見證人的日本船員，都能一眼看出他們爲何遭到扣留。

英方宣告扣留的，都是當初上船時「朱鷺丸」船員懷疑「或許是德國貨船『日爾曼尼亞號』船員」的人。

基於德國的要求，日本政府打算讓「日耳曼尼亞號」的船員祕密經由日本，利用西伯利亞鐵路回德國——或者，這是渴望強化日德關係的日本陸軍高層自作主張。不管怎樣，英國察覺日本這種和稀泥的企圖，便派遣軍艦至夏威夷海域，搶奪德國船員……

於是才有這場不尋常的騷動。

如此說來，首先遭到扣留的白鬍壯碩男子，應該是「日耳曼尼亞號」的船長赫曼．葉格。其餘大概是船副、管輪、火夫、無線電技師之類的船員。

最後，共有十二名德國船客被扣留。

他們六人分成一組，在監視下回房收拾隨身物品，再到甲板集合，搭乘橫靠在「朱鷺丸」旁的小艇，移送至英國軍艦。

魁梧的十二名德國船客，在負責監視的英國水兵陪同下離開後，談話室頓時變得寬敞許多。

「久等了，接下來輪到你。」

英國指揮官轉過身，催促內海在中央的桌前坐下。

此時，內海已向湯淺船長等日籍船員簡單解釋原委。

內海與英國指揮官隔桌相對。

「這艘船上，不幸有一人身亡。」

英國指揮官直視著內海，開口道。

「據說就在我們上船造訪之際，到底發生什麼事？麻煩你再詳細說明一次。」

「再講幾次都一樣。」

內海微微聳肩。

他與在甲板結識的美國人J．摩根一起玩填字遊戲時，海上出現英國軍艦，突然發射空炮。兩人吃驚的離座，等他回來一瞧，摩根已死在椅子上。由於船上一片混亂，還有不少婦女與孩童，爲了避免引起驚慌，他便留在原地看守屍體……

英國指揮官裝作若無其事，灰色眼眸一直定定觀察內海。

讓對方重複敘述同一件事，是偵訊的基本原則。

要是敘述者有所隱瞞，過程中必然會露出馬腳。說出與之前不同的話、內容自相矛盾，或態度不正常，任何細節都行。優秀的訊問者，可從針眼般的小破綻識破對方的謊言。

不過，若對方是專業間諜，就另當別論。間諜平時頂著假身分生活，一旦外皮被揭穿，任務立即宣告失敗，甚至會面臨眞正的死亡。

對間諜而言，編織完美的謊話就像呼吸一樣自然。何況是在結城中校麾下，受過D機關訓練的內海。想從他的敘述中找出破綻，除非是專門對付間諜的審問官，否則絕無可能。

內海閉上嘴後，英國指揮官蹙眉思索片刻，最後搖搖頭，嘆氣道：

「這麼說來，內海先生，除了姓名以外，你對死去的摩根先生一無所知嗎？意思是，你和一個幾乎不認識的人一起玩填字遊戲？」

「這只是在船上的交往，沒什麼好奇怪的吧。」

內海再次聳肩。事實上，死去的那個男人如此自我介紹：

——傑佛瑞．摩根。在舊金山經營小型貿易公司。

那是他爲了搭上這艘船，特地準備的表面身分。

眞實身分是路易斯．馬克勞德，英國祕密諜報機關僱用的密碼專家，代號爲「教授」。

然而，就算告訴英國指揮官也沒用，要緊的是——

「摩根先生爲什麼會死？」

內海擺出天使般無辜的表情問。

「實在不想說這種話，但我懷疑是你們英國軍艦突然對空開炮，才害摩根先生嚇得心臟麻痺……」

留在談話室的日本船員頓時一陣騷動。果真如內海所說，「朱鷺丸」船客的死，等於是英國軍艦造成的。

被冠上**殺人**嫌疑，英國指揮官首次浮現不安的神色。他垂眼看著剛剛一名水兵送來的文件，開口：

「這是我方軍醫與『朱鷺丸』上的船醫，一同替摩根先生驗屍後的報告。他的死因是……不，慢著，怎麼可能……」

他掃過文件最後一行，抬起頭。

「死因是氫化物中毒……兩位醫生的判斷一致。」

英國指揮官語畢，談話室陷入尷尬的沉默。

氫化物中毒身亡。

那代表的意思是——

「摩根先生是遭這艘船上的某人下毒殺害，也就是說，他是被毒死的？」

不容妥協的嚴厲話聲響起，眾人不禁回頭。

出聲的是湯淺船長。

「不，那個……目前還不確定是毒殺……」

英國指揮官的態度與剛才截然不同，呑呑吐吐地應道。

「比方，摩根先生或許因某種理由自行服毒，也就是自殺。」

「自殺？船就要進入夏威夷港，在這個節骨眼上自殺？」

湯淺船長蹙眉，難以置信地嘀咕。

「不管怎樣，事到如今，彼此都不能輕易說再見。」

英國指揮官有些困惑地表示：

「查明**美國人**摩根的死因前，我們會留在船上。可以嗎？」

「當然。」

湯淺船長起身，以斬釘截鐵的態度說。

「站在我的立場，也會要求在事態明朗前，誰都不能離開這艘船。航行期間，身爲船長的我必須對船上發生的事負起全責。一名尊貴的客人喪命——而且，可能是遭到謀殺，我絕不容許**有嫌疑的人物**離開這艘船。」

語畢，兩艘船的負責人狠狠互瞪。

9

經過討論，日英雙方決定聯手調查。

先取得英方的理解，再發電報向簽核摩根護照的美國領事館確認身分。

死者是美國人，導致案情更加棘手。

現下，美國對歐洲的「世界大戰」及中國的「事變」，都已表明**中立**立場。對陷入苦戰的英國而言，煽動美國的輿情，迫使其參與歐洲的世界大戰是唯一的突破口。

另一方面，日本也一樣。關於在中國猶如陷入泥沼的「事變」，若說今後發展端看美國的態度絕不為過。

就英日雙方來看，和美國的外交是非常敏感的問題。在這種情況下，美國公民在中立海域離奇身亡，優先確認美方意向實屬理所當然。

只是，此舉有一個問題。

美國正逢週日，要與領事館負責人取得聯絡，想必得花不少時間。

在險惡的氣氛中，內海利用雙方反目與欠缺溝通的狀況，若無其事地混入搜查行動，不動聲色地提議查看死去的摩根房間。

「包括我在內，在場眾人都不曉得摩根先生**究竟是怎樣的人**，搞不好他是個罪犯。會不會調查他的房間，死因就自然水落石出？」

日英雙方都相當贊同這項提議。

自殺是最容易接受的結果。

——死去的摩根其實是窮凶惡極的罪犯，被帶回母國後將受到嚴厲處罰。因此，當英國軍艦突然臨檢，他嚇得驚慌失措，服毒自殺。

內海藉由暗示這樣的可能性，掌控了搜查方針。

不是自殺。

在內海看來，這是個明顯的事實。

案發前，內海剛揭穿美國貿易商摩根的眞實身分是英國間諜路易斯．馬克勞德，安排讓他在夏威夷下船。沒想到，英國軍艦突然出現，立場頓時一轉。摩根＝馬克勞德舉起杯子，得意道：

「內海，莎喲那拉。乾杯！」

說著，他一口喝光飲料。

杯中肯定下了毒。

依狀況考量，馬克勞德不可能自殺。與其那樣想，不如說他企圖趁亂殺害內海不幸失敗——偷偷下毒後誤拿內海的杯子反倒禍害自己，這個可能性還比較大。

不過，內海不可能弄錯杯子。記住自己沒喝完的杯子特徵，對間諜來說是最基本的守則。放在桌上的杯子，哪怕位置與容量稍有變化，再沾唇就等於死亡。當然，利用簡單的障眼法，可讓對方拿到別的杯子，但內海並未動任何手腳。

雖然意外出現英國軍艦，仍有許多控制馬克勞德的方法。再翻盤的機率不是零，只要馬克勞德活著——

沒想到有人在摩根＝馬克勞德的杯中下毒。

他是遭到謀殺，而且凶手就在「朱鷺丸」的船員與船客中。

馬克勞德離奇身亡，此刻，調查他的房間成爲內海的首要之務。

「朱鷺丸」的客艙事務長以萬能鑰匙打開房門。

乍看之下，死者的房間井井有條得嚇人。

衣物全折得好好地收在櫃子，或用衣架吊掛在衣櫥中。別說是吃剩的麵包屑，地板上連一抹塵埃都沒有。

毫無生活感，一點也不像自舊金山出航以來，幾乎都沒踏出房間的樣子。雖然吃剩的食物及其他垃圾、髒衣服，只要放入專用袋掛在門外，就會有專人收走，但男性船客的房間如此整齊清潔，還是有點不對勁。

書桌上放著一本塡字遊戲的書，每道題幾乎都已完成。床邊還有幾本書，兩本是塡字遊戲用的字典，其餘包括《白鯨記》、《塊肉餘生錄》、《愛倫坡詩集》……

至於可能成爲線索的日記、筆記或信件，很遺憾，翻遍房間也找不著。

「……這就怪了。」

在內海身旁檢查房間的原一等船副納悶地嘟囔。

他掃視翻出來的種種物品，皺起眉頭。

「衣服與皮包、瑣碎物品，全都是新的……有些甚至還沒撕下牌子，簡直像在搭船時將隨身物品全數重買……他爲何要做這麼浪費的舉動？」

原一等船副一臉困惑地嘀嘀咕咕，內海瞄一眼，暗嘖一聲。

——被外行人懷疑像什麼話。

畢竟是二流間諜。

正因如此，馬克勞德才會遭英國祕密諜報機關掃地出門。

10

第一次世界大戰時，路易斯．馬克勞德受僱於英國祕密諜報機關，擅長解讀密碼——這是事實。

中世紀以來，在歐洲，破解密碼主要是運用語言學及統計學。代號「教授」的馬克勞德，專長是語言學。實際上，語言學方面的知識與經驗，幫助他破解不少艱深難解的德軍密碼，長年在英國締造不少戰果。

但是，「謎」密碼的出現令馬克勞德的立場驟變。

面對德國的新密碼系統，他長年研究建立的破解手法完全不管用。調查後發現，要破解「謎」密碼，比起語言學，顯然更需要純數學，甚至是機械工學的專業知識與技術。

代號「教授」、備受尊敬的馬克勞德，頓時喪失存在意義。他被視爲「老派的密碼專家」，失去密碼解讀班的指導地位。根本碰不到破解密碼的工作，馬克勞德焦急不已。爲扳回一城，他使出強硬手段。比方，**在每日電訊報上刊登填字遊戲**。

結城中校一眼就看出事涉英國祕密諜報機關。召喚內海，**不是**要他去監視那些在時間內解開字謎、被英國密碼解讀小組錄用的人。既然德國的王牌是「謎」密碼，英國急於破解也是理所當然。這麼想的各國諜報頭子，自然會緊盯英國的動向。在這樣的情況下，在報紙上刊登填字遊戲招募人手，簡直是愚不可及。這等於是向全世界的諜報機關亮出己方的底牌。

謹愼至上的英國祕密諜報機關居然做出這種判斷，實在令人難以置信。在監視之下，前密碼班指導者路易斯．馬克勞德突然從英國消失。能夠推斷出的線索，就是每日電訊報上的人員招募，及最近一些不像英國祕密諜報機關作風的強硬手法，都是馬克勞德的自作主張。英國祕密諜報機關視馬克勞德爲燙手山芋，將他掃地出門。

自英國消失的馬克勞德，似乎打算潛入日本。

日本陸軍內部依然有根深蒂固的日本特殊信仰。毫無根據地堅持日語必須直寫，純粹是盲目信仰。正因如此，在機密方面漏洞百出。日軍使用的是改良昔日希特勒贈送的「謎」密碼機，堪稱日本式「謎」密碼的「紫」密碼。英國祕密諜報機關要把馬克勞德趕出去，檯面上必定給了他一個破解日本式「謎」密碼的任務……

當然，英國祕密諜報機關逐出的馬克勞德不足爲慮。

結城中校反過來利用這次機會，命內海與馬克勞德接觸。「橫濱有憲兵隊等著。」只要在馬克勞德的耳邊如此低語，受到組織冷凍的他，必定會對英國祕密諜報機關產生懷疑。之後，只要讓他在夏威夷下船，利用他當反間諜就行。

然而，馬克勞德的死亡，迫使計畫不得不變更。

某人破壞結城中校的盤算。

究竟是何種不確定要因？

欺瞞「魔王」結城中校的謎團。

內海打算跳出既定任務，無論如何都要解開謎團，即使**犧牲一切也在所不惜**。

馬克勞德的房內並未找到任何線索。

不，不止沒找到線索。

內海誘導英國指揮官，讓他收回馬克勞德喝過的杯子以查驗指紋。（「放在醫務室的那種藥品，我記得能用來檢驗指紋吧？」）

馬克勞德用的是窄口高玻璃杯。

何況是身在站都站不穩的船上，耳內控制平衡的三半規管才剛因暴風雨被搖晃老半天。內海與馬克勞德離座的時間短暫，若真有人急忙在杯中下毒，很可能會觸碰到杯子。

但是，杯上只驗出死去的馬克勞德、送杯子來的事務長、調製飲料的酒保指紋。

「杯緣還有一道指痕，不過未能驗出指紋。」

回到談話室，聽著調查結果報告，內海暗暗蹙眉。

沒有指紋的指痕？這表示凶手戴著手套？可是——

他環視四周，瞇起雙眼。

窗外，是一望無垠的碧海藍天。水平線上浮現清楚的積雨雲。

再過幾小時，船便會進入四季常夏的夏威夷島。

在這種情況下，只有湯淺船長能戴著手套卻不被笑話吧。

內海悄悄觀察嚴肅聆聽報告的湯淺船長，隨即搖搖頭。

不對，不是他。

湯淺船長有不在場證明。自英國軍艦在海上出現，湯淺船長一直待在艦橋，沒機會到頭等艙甲板往馬克勞德沒喝完的杯裡下毒。

不在場證明嗎……

想到這裡，內海不禁皺起臉。

當時，「朱鷺丸」的船員及包括內海在內的頭等艙五十二名船客，皆可能出入頭等艙甲板，但全都沒不在場證明。

「沒辦法。事到如今，只好檢查船員與全體頭等艙客人的隨身物品。」

果然，英國指揮官如此提議。他轉身對湯淺船長客氣地說：

「湯淺船長，這艘船的負責人是你。麻煩你通知五十二名船客到頭等艙甲板集合。」

頭等艙甲板擠滿神情不安的人們。

眾人年齡與性別不一，共通點是穿著體面。其中，有帶小孩的年輕母親，也有懷裡抱著狗的婦人……

聚集在甲板上的頭等艙船客收到通知，必須檢查衣服的口袋及手提包。

「千萬小心，不要冒犯客人。」

見湯淺船長如此鄭重命令船員，一名英國士官在旁邊苦笑。

英方要求對全體船員與乘客搜身及搜房間，但湯淺船長頑固地不肯點頭。

「客人中有婦女與幼童，絕不能強行進房檢查。至於隨身物品，必須在客人自發性的協助下檢查。除此之外，我都不能同意。」

船長的態度堅決，壓根不把對方的武力放在眼裡，最後英方還是不得不讓步。

於是，「朱鷺丸」的船員與英國水兵搭檔，向頭等艙客人「懇求」查看隨身物品，結果——

別說毒藥，根本沒發現任何可疑物品。

內海早料到這一點。

即使持有毒藥或其他證物，想必都已處理掉。趁騷動跑到甲板上，反手往海裡一丟，誰都不會發覺。光是搜身和搜房間根本沒用。

英方自然也明白，卻仍堅持檢查，然後又對湯淺船長的主張讓步。

要求對船員及全體乘客搜身及搜房間，只是**無法查明真相時**的藉口。「該做的我們都做了，錯的是『朱鷺丸』那邊。」雖是搪塞推托，倒也頗有軍人本色。

環視聚集在甲板上的頭等艙客人，內海腦中盤旋著一個疑問。

爲什麼？爲什麼非殺**他**不可？

對內海而言，遇害的是英國祕密諜報機關的密碼專家，路易斯．馬克勞德。幹間諜這一行，哪天被殺都不足爲奇。

但在其他人眼中，被殺的只是美國貿易商傑佛瑞．摩根。搜索房間時，原一等船副察覺摩根的隨身物品都是全新的。換句話說，傑佛瑞．摩根是臨時捏造出來的人物。虛擬的人格，虛構的經歷，按理不可能與人結仇。

那麼，**他**是被誤認成某人嗎？

這也不太可能。搭上「朱鷺丸」後，摩根＝馬克勞德幾乎沒踏出房門一步，露臉的頻率不足以被誤認成別人。剩下的可能性是——

除了內海，還有人識破美國貿易商傑佛瑞．摩根的眞實身分，就是英國祕密諜報機關的間諜路易斯．馬克勞德？

內海搖頭。

連多年老友與家人都認不出來。

如馬克勞德本人所言，他的變裝非常完美。

只是髮色與髮型、小鬍子也就算了，他連眼睛、鼻子、嘴唇的形狀都不一樣，還戴褐色隱形眼鏡改變瞳眸的顏色，甚至特地在顎骨動刀。

這種變裝手法，唯有受過D機關訓練的內海才能識破，別人不可能辦得到——

想到這裡，內海心頭一驚。

應該反過來想嗎？

歸根究柢，馬克勞德爲何要變裝得那麼徹底？

還有，他登上「朱鷺丸」後的費解行爲——堅持不允許任何人進他的房間，必要物品一律讓人放在門外，從貓眼確定沒人才迅速將東西拉進房間。內海原以爲是暈船的關係，但從異常整潔的房間看來，實在不像爲暈船所苦……

內海再度憶起未完成的塡字遊戲，暗自納悶。

那是爲了吸引馬克勞德設下的陷阱。馬克勞德死前，幾乎已完成塡字遊戲。剩下的題目。直到最後仍未填上的空格。字謎的空白處。

冥府的看門狗。八個字母，第一個字母是K……

這一題不難，交叉的字母已出現，不可能想不出答案。可是，他卻刻意沒在空格填寫字母。

刻耳柏洛斯（KERBEROS）。

這個單字，直到最後他都沒填進空格。不，看起來甚至是故意抗拒。

「你……果然……刻耳柏……」

馬克勞德含糊不清的遺言是「刻耳柏洛斯」，這麼想是最自然的。

「三顆頭的可怕怪物。拴在冥府大門口，不准活人進入，也不准死者外出」。

馬克勞德的性命，受到代號為冥府看門狗「刻耳柏洛斯」的某人威脅。正因如此，他才易容變裝，上船後不肯讓任何人近身。

但暴風雨平息後，再過數小時就要進入夏威夷港，馬克勞德一時大意。大概是南洋的燦爛陽光鬆懈他的警戒，被某人識破變裝，慘遭殺害——

內海將腦中的乘客名冊與甲板上的船客比對，暗自咬唇。

每個人都可能是「刻耳柏洛斯」。

然而，內海卻沒掌握到半點足以識破對方身分的線索……

忽然，原一等船副的話聲傳來，接著是一名女子的回應。

內海緩緩抬頭。人群中，彷彿只有那裡打亮燈光，浮現一張臉孔。

以為不相干的零散碎片盤旋，最後收束為一個假設。

內海重新審視腦中的乘客名冊，發現奇妙的吻合，終於確信沒錯。

他深吸口氣，噘起嘴，吹出高亢的口哨。

「喂，你幹嘛……」

站在旁邊的英國士官吃驚地轉身。內海沒理會，逕自揚聲呼喚：

「過來，福拉特！來這裡！」

下一瞬間，一道漆黑的影子自陰暗處出現，直直撲向內海。

11

「這是妳的狗吧？」

內海在談話室的角落坐下，抱起膝上黑黑的一團小動物問。

他詢問的對象是坐在斜對面的嬌小年輕女子。一頭金髮，肌膚白淨，令人聯想到北國天空的淡藍雙眸。她懷裡抱著幼兒。

根據乘客名冊，她的名字是辛西亞·葛倫，抱在懷中的是兩歲的女兒艾瑪。

內海收藏在腦中的「朱鷺丸」乘客名冊上，備註欄還記著一項情報。

那黑黑的一團小動物伸長身子，把一坨溫熱的東西蓋在內海臉上。

「福拉特，不行！停！」

內海在鼻前豎起手指下令，**全身黑毛的㹴犬**立刻跳到地上，伏下身子，動也不動。

「福拉特」（㹴犬，黑色）。

按照規定，帶上船的寵物必須經過登記。這隻身高約二十五公分，體重七·七公斤的小型犬，擁有在義大利文中意爲「修道士」的怪名字，想必是全身的黑毛看起來像修道士的長披風。

內海從口袋掏出手帕擦臉，重新面對辛西亞。

「能不能請妳解釋一下？」

看到內海遞出的東西，辛西亞雙眼圓睜。如同變魔術般，手帕底下出現一張照片。內海抱起福拉特，任由牠舔臉之際，從項圈抽出對折的照片。

照片上，兩個男人熟絡地並肩入鏡。

他沒見過這名很適合穿白船員制服、高瘦英俊的年輕男子。不過，在旁邊露出笑臉的五十幾歲男人是——

路易斯·馬克勞德。

在這艘船上遭毒殺的英國祕密諜報機關間諜。

雖然是整形易容前拍攝的照片，但清楚拍出耳朵形狀，要認出他並不困難。

「方便讓我看看妳的手嗎？」

面對此一要求，辛西亞略微遲疑，最後放棄地搖搖頭，像允許騎士親吻手背的貴婦般，向內海伸出左手。

「不好意思。」

內海握著辛西亞的手，翻過掌心。

他要檢查指尖。

辛西亞五根纖細的手指塗著類似指甲油的透明物體。就算碰觸杯子，也只會留下碰觸的痕跡，不會留下指紋。然而——

諷刺的是，這五根經過處理的手指，間接證明她是凶手。當時，在頭等艙甲板上的人群中能夠碰觸杯子不留下指紋的，除了以指甲油塗掉指紋的她，別無他人。

——果然不出所料……

內海的推測正確，卻莫名有些失落。

在甲板上聽見辛西亞話聲的瞬間，他便心生懷疑。

應英方的要求，頭等艙的客人全來到甲板上。客人主動允許檢查隨身物品之際，原一等船副向人搭話的交談聲傳來，接著是一名女子的回應。

內海聽過那女子的聲音。

德國的U艇（其實是抹香鯨）出現在海面時，包括內海在內幾乎所有頭等艙客人都聚在甲板上，屏息凝視黑影朝「朱鷺丸」筆直衝來。「朱鷺丸」剛從舊金山出航就遇上強風暴雨，船客大多窩在房間。此時，想必是頭等艙的客人首次全員到齊。

「不行！停……別過來！」

女子的聲音異常高亢，響徹甲板。

吸引內海跑去查看的那聲尖叫，就是出自辛西亞．葛倫之口。

眾人都以為她害怕的是海面上衝過來的U艇，其實是另一個對象……

內海瞥向趴在腳邊的福拉特。

狗甩動小尾巴，漆黑的圓眼仰望他。

「不行！停……別過來！」

那是對想從陰暗處衝出來的福拉特下達的指令。

騷動過後，辛西亞**面無血色，彷彿大白天撞到鬼**，看起來隨時會昏倒。原一等船副喊住她，抱起幼小的艾瑪，護著她們回房。

經歷過U艇襲擊者的幻覺重現（flashback）。

當時，內海也這麼以為。然而，馬克勞德遭到毒殺，為此事帶來另一種可能性。

辛西亞在「朱鷺丸」的甲板上，發現暗殺目標馬克勞德，才會如此激動。在乘客名冊發現奇妙的吻合後，內海已十分確信。

「三顆頭」與「黑毛犬」。

辛西亞就是馬克勞德懼怕的殺手「刻耳柏洛斯」。她識破馬克勞德完美的變裝，成功殺害他，但是——

內海皺起眉頭。

他無法理解。

坐在眼前的年輕女子，怎麼看都不像專業間諜。她究竟爲何盯上英國祕密諜報機關的密碼專家馬克勞德，非要奪走他的性命不可？

內海吹口哨叫福拉特過來時，正與原船副交談的辛西亞忽然臉色慘白。不過，她很快就認命，撥開人群走近內海。

「是我在杯中下毒，殺死馬克勞德。」

抱著幼童的年輕女子突然出面自首，英國士官及周圍眾人都聽得目瞪口呆。先不提別的——

馬克勞德？被毒殺的不是傑佛瑞．摩根嗎？

內海無視周遭的困惑，若無其事地護著辛西亞，帶她到頭等艙談話室。至於衝過來的福特拉，內海一直抱在懷裡。

辛西亞在角落的位子坐下後，向湯淺船長及英國指揮官懇求：「我想和這位先生單獨講幾句話。」見年輕女子一臉認眞，兩艘船的負責人面面相覷，最後聳聳肩同意。

此刻，他們守在談話室的另一頭，窺視這邊的情況。

「妳怎麼認出他的？」

內海湊近辛西亞，壓低嗓門防止旁人聽見。

「馬克勞德整形了，虧妳還認得出他。妳沒想過也許會認錯人嗎？」

「我一眼就認出他。」

辛西亞慘白著一張臉，斷然說道。

「我天天看著那張照片，幾乎要瞪出洞。馬克勞德整形的消息我早有耳聞，不過，即使長相改變，耳朵的形狀也不會變，只要注意看就行。」

一眼看穿馬克勞德變裝的，果然不僅內海一人。

「爲何沒扔掉照片？」

內海這麼問，純粹出於好奇心。

「既然妳的目的已達成，把目標對象的照片扔進海裡，就不會留下證物。機會應該多得是。」

辛西亞沒立刻回答，目不轉睛地直視內海。

「貴姓大名?」

「敝姓內海。內海脩。」

「日本人?」

「對,日本人。好歹算是。」

內海不禁苦笑。

「這張照片……我不能扔。」

辛西亞微微搖頭,嘴角浮現一抹笑。

「這是雷蒙德最英俊的照片。即使是和仇人的合照,我也捨不得扔掉。」

辛西亞指著很適合船員制服的高瘦年輕人。

「他是我的丈夫,也是這孩子的父親……和你有點像。」

「像我?」

內海頗感意外,不由得眨眨眼。辛西亞微微頷首,再次垂眼看照片。

這個男人……她以指甲戳著馬克勞德的臉孔。

「這個男人是英國祕密諜報機關的間諜。他害死我心愛的雷蒙德,奪走我的丈夫,與這孩子的父親。殺死他,算是替丈夫報了仇,我不後悔。」

見辛西亞斬釘截鐵說著狠話,內海頗爲納悶。

馬克勞德玩起刀子跟外行人一樣。雖然是英國祕密諜報機關的間諜,畢竟只是密碼專家，他怎會殺死辛西亞的丈夫雷蒙德．葛倫？

兩件事無法拼湊在一起。

不，話說回來，辛西亞怎麼曉得馬克勞德是英國祕密諜報機關的間諜？

內海搖搖頭，嘆口氣。

沒辦法，他決心**不惜任何代價都要解開謎底**。

他認命地抬頭，注視著辛西亞問道：

「妳丈夫發生什麼事，而妳又是怎麼知道的，能否告訴我？」

辛西亞和剛才一樣直盯著內海，像是忽然有所領悟般，嫣然一笑。

12

我的丈夫雷蒙德．葛倫，是英國貨船「達摩號」的一等船副。他和路易斯．馬克勞德不曉得是何時認識的。馬克勞德接近我丈夫，以朋友的身分贏得信賴。然後，他背叛雷蒙德的信賴，爲了作戰犧牲我丈夫。

半年前，我丈夫搭乘的貨船「達摩號」，在太平洋上遭到德國的僞裝巡洋艦擊沉。受到德國僞裝巡洋艦近距離炮擊，船身破了大洞，爆炸起火，船員全數死亡。我是這麼聽說的。

收到消息時，我哭了。祖國正在打仗，我丈夫已盡到身爲英國船員的職責，只是不幸遇上敵船。我這麼告訴自己，勉強撐著活下去。

在「達摩號」的聯合喪禮上，我得知那是謊言。

喪禮會場一片忙亂，我稍一不注意，艾瑪就不見蹤影。

我找遍會場，終於在一個小房間罩著桌布的桌子下，發現與福拉特一起呼呼大睡的艾瑪。

我這才安心，接著鑽到桌下準備悄悄抱起艾瑪。

此時，忽然有人走進房間。情急之下，我只好抱著艾瑪與福拉特，大氣也不敢出。

那是穿英國海軍制服的年輕人，及以我丈夫友人身分出席喪禮的馬克勞德。

穿海軍制服的年輕人相當憤慨。

「再怎麼說，我都無法容忍這種作戰方式。居然拿民間百姓當誘餌……你們祕密諜報機關的人難道沒有所謂的良心嗎……爲了破解密碼竟然犧牲這麼多人，究竟是何居心……」

年輕人連珠炮似地質問，馬克勞德卻閃爍其詞，一直迴避問題。雖然不懂那些太過專業或詳細的內容，但從斷斷續續聽到的對話中，我發現一個可怕的事實。

英國貨輪「達摩號」，並非偶然遇上德國的僞裝巡洋艦。「達摩號」的航線，德國事先便知情。據說是英國利用雙重間諜，故意把情報洩漏給德國。

我當時聽得莫名其妙。英國祕密諜報機關為何要洩漏情報給德國，非要他們攻擊「達摩號」不可？

我的腦中一團混亂，幾乎陷入恐慌，又傳來馬克勞德充滿自信的話聲。

「為了破解『謎』密碼，這是必要的作戰。」

一瞬間，我如遭當頭痛擊。這男人以朋友的姿態接近雷蒙德，原來是為了什麼鬼作戰。我心愛的丈夫……不，不只是我丈夫，與「達摩號」一同沉入海中的二十名船員，都是為了馬克勞德那見鬼的作戰計畫才被殺死的。

我拚命捂住嘴巴，不讓自己尖叫。

待我回神，兩個男人不知何時已離開。我抱著艾瑪與福拉特，從桌子底下爬出來。把艾瑪託付給女性友人後，我立刻上街，奔往開戰前德國大使館所在的位置。我不曉得在那棟建築前站了多久，猛然驚覺一個陌生人正與我攀談。我向對方吐露一切，說我無法饒恕馬克勞德，只要能親手殺他什麼都肯做。對方似乎很驚訝，看著我的眼睛，發現我是認真的，就為我引見某人。

從此，我成為德國間諜。

我以德國間諜的身分觀察馬克勞德，伺機進行暗殺。毒藥怎麼用、如何消除指紋，都是他們教我的。馬克勞德突然從英國消失時，我慌了手腳。不過，德國諜報機關立刻告訴我，馬克勞德似乎打算易容前往日本。

不能讓他逃走。不管再怎麼整形，我自信一定能認出他。於是，我上了船，找到變裝的馬克勞德。

上天還是幫我的。馬克勞德留下沒喝完的飲料就離席。我照學來的方法塗指甲油消除指紋，在杯中注入毒藥。

我沒看到馬克勞德的死狀。若是可以，我希望他痛苦掙扎著死去……

*

——眞是笨蛋……

聽她的敘述，內海不禁皺起臉。

他不是在罵辛西亞，而是馬克勞德。

內海這才想起，馬克勞德玩塡字遊戲時提過：

「假設，我是說**假設**，現下有一篇預先知道內容的文章，如果再弄到同樣內容的密碼文，**兩者對照便能獲得破解的線索**。」

預先知道內容的文章。

例如，英國海軍最高機密的作戰指令。

長年培養出的密碼解讀手法，因「謎」密碼的問世化爲零。馬克勞德發現這點，焦急之下使出種種強硬手段……

結城中校交付任務後，內海立刻清查馬克勞德自作主張的舉動。

在每日電訊報上刊登填字遊戲，只不過是騙小孩的玩意。

馬克勞德最大、最沒腦子的野心，是「園藝工作」這個看似悠閒的代號所代表的作戰計畫。

他讓民間的貨輪運送包含英國海軍最高機密作戰指令的公文箱，同時利用反間諜將情報偷偷洩漏給德國。對於企圖完全稱霸海上的德國，這是他們垂涎的情報。果然，德國海軍祕密派遣偽裝巡洋艦，前往貨輪的航線。他們攻擊非武裝的民間貨輪，奪取裝有機密文件的公文箱後，讓貨輪爆炸沉沒，湮滅證據。一旦發現作戰指令遭到搶奪，英國海軍恐怕會變更作戰計畫。爲了讓英國以爲作戰指令不是被奪走而是遺失，德軍決定將船與全體船員都沉入海中。

之後，德軍將奪來的英國海軍作戰指令，用「謎」密碼發電報給友軍。英國截聽後，把記錄下來的作戰內容與「謎」密碼逐字比對，藉以破解密碼——

自己播種，自己收割。

馬克勞德將這次作戰命名爲「園藝工作」。

查明作戰概要後，內海錯愕地搖頭。

簡直是爾虞我詐。

不過，爲此犧牲不知情的貨輪船員畢竟是事實。

一口氣說完，辛西亞彷彿卸下長期扛在肩上的重擔，露出和緩的表情。

成爲德國間諜，一再出賣祖國，對她而言想必不容易。

縱使將在喪禮會場偷聽到的情報公諸於世，肯定也會被軍方壓下。就算是在喪禮會場義憤塡膺質問馬克勞德的年輕英國海軍士兵，也會害怕遭追究洩漏機密罪，絕不會公開作證吧。

正因如此，辛西亞才會狠下心與祖國爲敵，進入德國祕密諜報機關接受訓練。不過——

畢竟是外行人臨陣磨槍，遇到突發狀況，辛西亞無法隨機應變，靈活調整策略。

——依循學來的方法，塗指甲油消除指紋，在杯中注入毒藥。

諷刺的是，照章行事掩飾犯罪的方法，恰恰證明她就是凶手。

不僅如此。

——不行！停……別過來！

還有引起內海懷疑的指令。

德國祕密諜報機關，想必對辛西亞做出兩點指示。

一是每天確認目標對象的照片（「即使長相能夠改變，耳朵形狀也不會變，只要注意看就行」）。

另一點，則是把照片藏在任何人都不會發現的地方，以免目標警覺。可能會互相矛盾的兩個指示，辛西亞卻忠實聽從，**將照片藏在福拉特的項圈**。

辛西亞在「朱鷺丸」的甲板上發現仇人馬克勞德的身影。同時，她察覺福拉特想從陰暗處跑出來，不禁大聲下令，喝阻牠上前。

冷靜想想，馬克勞德根本不可能發現藏在福拉特項圈的照片。但在天天確認照片的辛西亞看來——唯獨在她看來，照片清楚可見。辛西亞害怕目標對象察覺，才會不假思索朝福拉特大喊……

內海搖頭。

換成是他或D機關成員，瞄過一眼就不需要照片。隨時留意目標如何看待外界是理所當然，不過像誤會對方瞧見不可能瞧見之物的情形，根本不會發生。

外行人當間諜，果然還是太勉強。

一定要向出賣丈夫、殺害他的英國祕密諜報機關復仇。

這個念頭不斷鞭策辛西亞。成功毒殺罪魁禍首馬克勞德後，剩下來能夠支持她的想必是——

「我的女兒艾瑪就拜託你了。」

辛西亞的臉貼著懷中的幼兒。

——我會負責。

他沒出聲，只以嘴形回答。

「還有這個小傢伙也是。」

辛西亞說著，瞥向腳邊的福拉特。

內海微笑頷首，面向艾瑪。

「過來，跟叔叔去那邊玩。」

見內海伸出手，緊摟著母親、怯怯窺探四周的艾瑪，終於咧嘴一笑。

內海從辛西亞手中接過艾瑪，再次默默向她點頭。

他站起來，比個手勢，福拉特便搖著尾巴跟上。

內海一走，英國指揮官立刻帶著幾名部下包圍辛西亞。

他們神情嚴肅，想必已聽到某種程度的對話。

縱然是自稱紳士之國的英國，也不可能對殺害自家間諜的人維持紳士態度。

接下來，辛西亞將會受到極爲嚴酷的偵訊。

——不，不至於。

內海抱著艾瑪打開談話室的門，走到甲板上。

他無視背後的騷動，橫越甲板，面向大海。

剛剛辛西亞直視內海，嫣然一笑，恍若自低垂的厚重雲層間，微微灑下久違的陽光。

那一瞬間，辛西亞有所領悟。

內海打算對解開的謎底負起全責。

在馬克勞德的眼中，解謎不過是一種智力遊戲。無論報紙角落刊登的塡字遊戲，或德軍的「謎」密碼，都與自己毫不相干。因此，他才會爲了破解「謎」密碼，擬出「園藝工作」這種沒腦子的作戰計畫，毫不猶豫地犧牲貨輪及全體船員。

但不必舉出希臘神話中，伊底帕斯解開斯芬克斯之謎後的命運，解謎本來就不可能這麼完結。被解開的謎底，把責任交付給解謎者。

謎題解開了。接下來，你要怎麼辦？

那是對勇於解謎者的祝福，也是施加的詛咒。內海在D機關學到這一點。

那一瞬間，辛西亞領悟到眼前的日本青年**不惜任何代價**也要解開謎底，並負起責任。

所以她向內海坦白一切。

爲了將愛女與愛犬託付給他……

德國諜報機關會交給全體人員速效性的毒藥。

辛西亞已不在人世。

在南國炫目的陽光下，抱著辛西亞託付的小女孩，內海瞇起眼。

——傷腦筋，今後我到底該怎麼辦？

在過往的人生中，他自認解開了所有擋在眼前的謎題。今後，恐怕唯有與初次見面的陌生女子倉促許下的諾言，及許下那種諾言的自己，是他必須面對不解之謎……

內海望著緊摟住他脖子的艾瑪。

與母親相似的藍色雙眸睜得很大，彷彿完全受周圍躍起的成群海豚吸引。

腳下好像碰到什麼東西，定睛一瞧，福拉特拚命搖尾巴，一對漆黑的眼珠仰望他。

「對了，還有你。」

內海苦笑著，把腦中浮現的結城中校臉孔趕到巨大的積雨雲彼方。

「夏威夷嗎……」

或許是撫養小孩的好地方。

「哎，總會有辦法。」

爲了不讓艾瑪聽見背後愈來愈大的騷動，內海噘起唇，以口哨高亢地吹起「謎變奏曲」。

執筆寫〈失樂園〉時，承蒙萊佛士酒店的常駐歷史顧問（Resident Historian）Leslie Danker協助，謹此致謝。

解說

醒來、反抗，或永遠墮落

路那

（本文涉及謎底，未讀正文勿入）

「你知道爲什麼D機關只錄用男性嗎？」

「因爲女人會爲了不必要的事物而殺人，爲了『愛情』或『憎恨』這種微不足道的小事。」

——對間諜來說，殺人是禁忌。

——〈XX〉．《Joker Game》

這是D機關第一集《JOKER GAME》中收錄的最末篇〈XX〉中，面對「被過往亡靈束縛住」的飛崎，「魔王」結城對他說的「唐突話」。這樣的斷語，顯然充滿盧梭式「兩性相生相成論」（sexual dimorphism）的二元對立觀點——男性＝理性、能成「大事」；女性＝感性、專注「小事」。所以，需要理性關注勝過一切的情報機構，容不下女性的存在。

盧梭的論調，放到如今來看，已然落伍得可笑。然而，此類「理智戰勝一切」、「理智較感情更爲崇高」的想法，卻是從過往到當下都未曾眞正消逝——「戀愛是感情的一種，而任何一種感情都違反我視爲最高位的眞正冷靜理性。我自己是不會結婚的，以免判斷力產生偏差。」夏洛克・福爾摩斯如是說。「人類的頭腦能做任何事，只要遵從理性就夠了，幸好老天把理性留給了我們。」凡杜森教授如是說。「理智至上」的思考，支配許多以解謎爲職志的虛構偵探，同時也將理性拉抬到超乎想像的地位。

因此，表面上屬於間諜小說，實際上卻可歸類到（本格）推理系譜的D機關系列（記得福爾摩斯與華生關於十七級樓梯的對話嗎？我總是忍不住覺得那段對話或許就是D機關入學考的靈感來源）。對於理性的維護，也總是不遺餘力。在D機關的注視下，感情似乎成了最危險的罩門，是任務毀壞的最初，也是個體消亡的起點。唯有消除感情，才能在任何狀況下成功完成任務。（「你們要成功執行任務，唯一需要的，是在變化多端的各種情況下，都能馬上下判斷的能力，也就是在各種場合中靠自己的頭腦去思考。」結城中校如是說。）而在D機關第一集《JOKER GAME》與第二集《DOUBLE JOKER》中，我們則見證此一法則的不斷勝出，彷彿確實是再顛撲不破的眞理。

可是，事實眞是如此嗎？

若我們回頭細心檢視偵探群像，不須動用到以「將犯罪還給有理由的人」爲號召的冷硬派諸硬漢，也毋須召喚很早就開始書寫偵探感情生活的桃樂絲．榭爾絲與她的溫西爵爺，即可發現，偵探的驅動力從來不只是「理性」。驅使他們理性運作的，除了罪惡的挑戰外，也往往是對於不公不義的反對。在福爾摩斯系列探案中，偵探從不缺乏眞情流露的時刻——對「那位女士」的敬慕、對華生受傷時的憤恨、對玩弄自己繼女感情的繼父之憤怒……儘管宣稱冷靜理性是他的最高指導原則，但促使他「與天使站在同一邊」的，感情絕對占了相當的比重。

因此，如果說第一集《JOKER GAME》是描述D機關從無到有的建立、第二集《DOUBLE JOKER》講述的是關於「破滅」的故事，那麼第三集《PARADISE LOST》關注的，就是「理性與感性」——或者更確切的說，是「愛情」這個既單純又複雜的議題。在〈誤算〉中，尙、瑪麗與亞倫的三角關係，正是尙出賣同志的原因；〈追跡〉描寫敵方間諜阿龍．普萊斯試圖追查「魔王」的過去，卻以「與妻子一起過退休生活」爲結尾；整本小說中篇幅最長的〈代號刻耳柏洛斯〉，則以追查英國間諜的神祕謀殺案爲經緯，慢慢揭開愛恨情仇如何讓一個人走上間諜之路。

更別提〈失樂園〉中，麥可爲了營救情人茱莉亞，不僅害無辜者坐困牢籠，甚至親手導致「樂園」的毀滅——D機關間諜顯然是擔任著原始傳說裡「蛇」（撒旦）的角色。麥可受到「蛇」的引誘，吃下「能分別善惡的果實」，追出第一層的眞相，不料，更大的誘惑緊追在後。當麥可察覺自身實際上並非「善」的化身，而是「惡」的幫手時，他選擇放手令樂園毀滅。這段情節令我不由自主地聯想到張愛玲的《傾城之戀》。香港的陷落成全了白流蘇，在柳廣司的編排下，新加坡則是爲成全麥可與茱莉亞陷落。無論哪一個故事都存在著感情，甚或可說，感情往往有著決定性的推動作用（有意思的是，與引文相反，本書中因感情採取行動的多爲男性）；儘管在前面三篇小說中，「感情」似乎維持前兩集一貫的基調：若非被「理性」所利用，即是被「理性」所奚落。然而，在此一基調下，卻緩慢醞釀著屬於諜報員本身的變奏曲。比如，島野在回憶亞倫等人充滿「激情」的邀請時，第一反應是「微感遺憾」，接著才表現出身爲專業間諜「不可能爲那種東西犧牲生命」的堅決；〈追跡〉中，阿龍解開「謎團」的鑰匙，是與妻子閒聊之際取得，後來當他獲釋、發現自己徹底敗北時，所思所想其實早就和妻子緊緊相繫：「等這場戰爭結束，就和艾倫一起去比利時生活吧。……一定會有美好的餘生。」；〈代號刻耳柏洛斯〉中，內海解開英國間諜死亡之謎的同時，也將自己的後半生與一個從未謀面的小女孩綁在一起，更不用說小女孩的母親，即是懷抱對丈夫的愛，才投身此業的「業餘間諜」。

「人活在世上，其實很容易被某種存在束縛住，但那是放棄用自己的雙眼去看世界的責任，也是放棄自己。」這是「魔王」的信念，也是他用來奪走「孩童」靈魂的「花言巧語」。然而，執著於「活著歸來報告」的他與親手訓練的D機關成員，難道不一樣是被「某種存在」束縛？某種名爲「絕對理性」的存在。面對這樣的束縛，D機關成員大多欣然接受。除了「我一定辦得到」的自負，多多少少也包含對教導自己「絕對理性」的魔王結城的尊敬，及渴求其認同的心理。只不過，即使在這樣理性至上的所在，我們依然能窺見感情涓滴流過的暗影。於是，一路走來，我們看到〈ＸＸ〉中無法捨棄心靈依靠的飛崎、看到〈誤算〉中略有動搖的島野，最後在〈代號刻耳柏洛斯〉中，看到難以理解自己爲何下此決定的內海——在D機關系列第三部的末尾，「情感」最終回過頭咬了「理性」一口。

〈代號刻耳伯洛斯〉就像一則給間諜的寓/預言。辛西亞與內海，都在意外中察覺到出乎預料的眞實，並爲此「犧牲一切」。辛西亞深愛丈夫，執意報復，犧牲她剩餘的一切，即和女兒相處的時光；內海爲了「解開欺瞞魔王的謎團」，也犧牲他剩餘的一切，即對魔王與機關的忠誠。於是，很諷刺地，以揪出「破壞魔王計畫」爲職志進行解謎的內海，卻在謎團解開後，不得不「把腦中浮現的結城中校臉孔趕到巨大的積雨雲彼方」。屬於間諜的變奏曲，至此完成了其主題——不是徹底掙脫一切，毫不遲疑朝「絕對理性」之路前進，而是甘心受「感情」束縛。或許這才是最終，也最重的反叛。

而，哪一種道路是正確的？

或許可用D機關的信條來回答。

——在這世上，根本沒有所謂絕對正確的解答。

本文作者介紹

路那　台灣大學推理小説研究社第九屆社員，現爲台灣大學台灣文學研究所博士生、台灣推理作家協會理事。自幼蛀書爲樂，尤嗜小説，特好推理、科幻、奇幻、羅曼史及各文類雜交種。近日乃悟美漫英劇之妙，遂一頭栽入、不知所蹤，不知何日方得重回人世耶。

家圖書館出版品預行編目資料

機關3—PARADISE LOST／柳廣司著；高詹
粲譯. -- 二版.--.臺北市：獨步文化, 城邦文化
事業股份有限公司出版：英屬蓋曼群島商家
庭傳媒股份有限公司城邦分公司發行， 民
110.01
面； 公分. --（日本推理名家傑作選；49）

譯自：パラダイス・ロスト

ISBN 978-957-9447-95-9（平裝）

.1.57 109017704

N 978-957-9447-95-9

ted in Taiwan

邦讀書花園
w.cite.com.tw

日本推理名家傑作選 49

D機關3—PARADISE LOST

原著書名／パラダイス ロスト
原出版社／角川書店
作者／柳廣司
翻譯／劉子倩
編輯／陳盈竹、詹凱婷、徐慧芬
行銷業務部／陳紫晴、徐慧芬
編輯總監／劉麗真
總經理／陳逸瑛
榮譽社長／詹宏志
發行人／涂玉雲
出版／獨步文化
城邦文化事業股份有限公司
台北市中山區 104 民生東路二段 141 號 5 樓
電話：(02) 2500-7696
傳真：(02) 2500-1967
發行／英屬蓋曼群島商家庭傳媒股份有限公司
城邦分公司
台北市中山區 104 民生東路二段 141 號 2 樓
讀者服務專線／(02)2500-7718; 2500-7719
24 小時傳真服務／(02)2500-1990; 2500-1991
服務時間／週一至週五：09:30～12:00
13:30～17:00
讀者服務信箱／service@readingclub.com.tw
劃撥帳號／19863813 戶名／書虫股份有限公司
香港發行所／城邦（香港）出版集團有限公司
香港灣仔駱克道 193 號東超商業中心 1 樓
電話／(852) 2508-6231 傳真／(852) 2578-9337
E-mail／hkcite@biznetvigator.com
馬新發行所／城邦（馬新）出版集團
Cite (M) Sdn Bhd
41, Jalan Radin Anum, Bandar Baru Sri Petaling,
57000 Kuala Lumpur, Malaysia
電話：(603) 90578822 傳真：(603) 90576622

封面插圖／三輪士郎
封面設計／高偉哲
排版／游淑萍
印刷／中原造像股份有限公司
□2014 年（民 103）7 月初版
□2021 年（民 110）1 月二版
定價／330 元